星神魔女

－觸動＊星星之眼的淚

- Counting on Love 01 -

淚君兒

皇甫世家大小姐。
個性認真堅強，有些固執，
決定目標就永不放棄，夢想是能夠自主人生，
卻隨著年紀增長與命運不可違逆的軌跡而踏上
解開身世之謎的旅程。
「以靈魂宣示，總有一天，她要靠自己的力量，
走出這個華麗的牢籠！

戰天穹

皇甫君兒的保鑣。
因為族人的託孤，以及自身的詛咒，他應徵保鑣，
進入皇甫世家，找出君兒身上的秘密。
「這究竟是巧合，還是命運的安排？
為什麼擁有『星星之眼』的存在會是你託付的對象？」

皇甫緋凰

皇甫世家大小姐。
皇甫家大小姐之首，擁有至高的權利。
人稱女王大人。對待各個大小姐喜歡以是否有利用價值做為區分。
「是要選擇無謂自尊成為我的奴隸？
還是放下無用的自尊成為我的同伴？」

阿薩特

皇甫緋凰的貼身保鑣。
擔當提供意見給緋凰的參考者，但基本上不會太介入緋凰的決定。緋凰也因為他曾經在外的歷練而尊敬著他。
「在未確認對方是敵是友的身分之前，
絕對不會放任任何一個微小生物接近緋凰！」

目錄
INDEX

詩序 007
Ⅰ❖目光交會瞬間 009
Ⅱ❖再逢故人已成枯骨 023
Ⅲ❖哀痛的消息 037
Ⅳ❖面對絕望才能看見奇蹟 047
Ⅴ❖隱藏與偽裝 061
Ⅵ❖以靈魂宣誓 077
Ⅶ❖鬼面保鑣 089
Ⅷ❖被隱藏的鐵灰 099
Ⅸ❖下馬威 109
Ⅹ❖比這些還更糟糕的事 125
Ⅺ❖細節中的蛛絲馬跡 139

XII ❖ 塵封的記憶 149
XIII ❖ 沉睡的神秘圖騰 159
XIV ❖ 陌生之名 171
XV ❖ 耀眼的成長 183
XVI ❖ 讓人震驚的挑戰宣言 193
XVII ❖ 未來要自己創造 205
XVIII ❖ 女王的生日宴會 219
XIX ❖ 嫁給你好不好 237
XX ❖ 我們彼此約定 249
XXI ❖ 只要相信就會實現 261
XXII ❖ 為了自由前進吧 275

在那暴雨之日，
命運之紅與辰星之子相遇了。
那過去，那曾經，那讓人遺忘的一切……
前生的遺憾與今世的再逢，
背負罪孽的惡鬼，眼藏辰星的少女——
紅與黑，終將糾纏。

Chapter 01

目光交會瞬間

大雨滂沱，星能風暴所帶來的斗大雨點從原界的生態圈傾洩而下，黑色的烏雲覆蓋整座城市。那沉重的雨滴打在正奔走於巷弄中的孱弱人影身上，毫不意外的在皮膚上帶來陣陣刺痛感。這雨，下得可沉了。

雨水滑落少女清麗精緻的臉龐，一雙烏黑的眼眸流露著某種焦急的情緒。如少年般的及耳烏黑髮絲，濕漉漉的糾結黏貼在臉側，她緊緊護著懷裡包著熱湯的油布包，一心一意只想趕快回到熟悉的住家，把還熱著的一鍋湯帶給她親愛的爺爺。

雨瘋狂的下著，讓少女身上樸素又洗得泛黃的衣服緊緊貼合在瘦小的身子上，露出一具乾乏瘦弱的嬌小身軀，但少女臉上的表情卻是無比堅毅。儘管面色枯黃，一雙湛亮的烏黑大眼就像最上等的黑水晶一樣，隱約間，星辰的點點異光在眼底流竄著。

少女快步跑在窄小的巷弄裡頭，奔走的動作讓懷裡的湯鍋搖晃著，偶爾會濺出仍舊滾燙的湯汁，燙得她有些難受，與身上因為雨水而冰冷的感覺交織，形同身處水火交融的酷刑。天際落下的冰冷雨水讓她連睜眼都覺得困難，滲得眼睛難受酸澀。

穿過一個木棚，幾個止躲著雨水，氣質流理流氣的男人們朝她曖昧的吆喝了幾聲，少女沒有多加理會，而是一個勁的埋首繼續小跑。

男人們突然安靜了下來，一位領頭的光頭男子朝著少女遠去的方向露出充滿邪念的笑容，頭顱輕點，幾個大男人就這樣帶著淫邪的笑聲，踏進雨水裡頭快步跟了上去。

儘管雨聲暴響，但是身後跟來的雜亂腳步聲與那粗俗的淫言穢語，卻還是傳進少女耳中，讓少女俏臉刷白，腳下的步伐更大了，甚至不再顧慮湯汁會不會灑出，開始邁步奔跑起來。

「小妞！慢慢來啊，哥哥們來陪妳玩好玩的。」

「瞧妳身上都濕了，快讓哥哥來溫暖妳啊，哈哈！」

「小小的身子好惹人疼愛唷，我都等不及想要嚐看看小女娃的柔軟身子了，嘿嘿嘿……」

幾個男人如同貓捉老鼠似的，或快或慢的跟著少女，說的淫穢語詞讓少女氣得是怒火中燒，偏偏又無能為力。難怪最近爺爺一直耳提面命要她小心再小心，這附近出了幾個惡徒，專挑落單女性姦淫……

沒想到走了十四年安然無恙的小路，今天卻給她遇上了這麼一群凶神惡煞！

少女知道她不能就這樣直接回家。要是把這一群人引到家裡，那生病的爺爺怎麼辦？若自己被欺辱就算了，要是連累了爺爺，那個後果……

少女飛快的掐掉了那可怕的想像，小臉卻越發焦急。

仗著自己對這一區的熟悉，少女熟練的穿過幾個彎角甚至是隱敝的小路，希望能藉機甩遠那幾個圖謀不軌的男人們。但對方少說也有四、五個人，而且好像也對附近的環境無比熟悉，不一會兒，少女覺得那越發難聽放肆的咒罵聲似乎越來越近了，最後，少女戰戰兢兢選擇了一條自己不甚熟悉的街道，拐入。

「呼哧呼哧」的喘息聲在如雷雨聲中顯得那樣渺小，少女甚至不敢回頭看那些惡漢與自己的距離，只能使勁睜大美麗的眼眸，想辦法讓自己能夠看清這慘灰色調的世界。

去找警衛隊？不可能，那些都是披著人皮的惡魔，只會討好那些世家貴族，完全不理會他們這些普通老百姓。更別提她和爺爺無權無勢也沒有錢財，拿什麼讓那些警衛隊出面？對方不要反咬他們一口就謝天謝地了！

那，隨便找一戶人家來求援？這世道人情冷暖她早在人生的十四個年頭裡看得透澈了，只要是關乎自己生命利益的事情，連親人都可以彼此出賣了，更何況是完全不熟悉的陌生人？

想著想著，她竟然完全想不到自己還能向誰求救。

而在她奔走中，有些亮著燈火的矮房在她接近時飛快的熄滅屋內的燈火，甚至還有人緊張的將窗簾拉上，根本不打算伸出援手。

孤立無援的憤怒與無助，讓少女緊咬著下唇，眼淚不爭氣的滑下，跟雨水混在一起，再難區別。

小腦袋飛快的想著其餘可能的解決方案，奈何因為大雨，原本依稀存有人煙的小街道上，此刻可是連隻流浪貓狗都見不著。

雨聲嗡嗡，遠方竟傳來了雷鳴的巨響，而那隨後才閃爍的雷光，映照出少女充滿悲憤不甘的容顏。

因為沒有力量，所以就只能任人這樣欺壓嗎？少女憤恨的想著。

後悔以前沒有按照爺爺的要求好好修煉，害她現在只能像隻狼狽的困獸逃難著，而且隨時都有可能落到獵人手中。一時間她心裡竟滿是悔恨。

她從來沒有像現在這樣那麼渴望力量，但可惜時光不能重來，可如果她還有機會，往後，她願意付出成倍的努力學習！為了能夠保護自己，也為了不讓愛著自己的人受傷，她想要變得更強！

但，還有機會嗎？少女心中惶恐。

她心思掛念著家中等候她回家的爺爺，就深怕因為她的晚歸，爺爺會擔憂的出門找她。

想起那個將她當成親生骨肉疼愛的老人家，少女眼裡閃過一絲溫暖，心裡卻也變得更加堅定。

她緊咬牙關，不顧懷間湯鍋的熱燙，繼續跑著，試圖在保住熱湯的同時盡可能逃離那些惡徒的追捕。

奔走了許久，一抹突兀的鮮紅就這樣闖進眼底。與大雨帶起的暗色調不同，那抹赤色的人影就這樣佇立在大雨滂沱的街道中間。

那人有著一頭比她看過的所有紅色還更加張狂的豔紅色長髮，被雨水浸濕的髮貼在那人的臉上、身後。高壯結實的體魄藏在紅黑色的斗篷底下。

男人微微仰首，此刻正靜靜闔眼，任由雨水點滴落在自己臉龐上，享受著雨水的洗禮。

雨水模糊了少女的視線，讓她看不清楚眼前男人的模樣，不知怎的，她對這個男人卻有種異常的熟悉感，她很清楚，自己的記憶中明明沒有看過這樣氣勢強烈的男性——男人渾身充斥著一種隱晦的暴戾氣息，那很難形容，但就如人絕對能區分出被人豢養的家犬與那在自然中生存的野狼，那是截然不同的兩種氣質，而眼前的男人顯然是屬於後者。

儘管那人只是單純的站在雨中，並無意阻撓她的前行，卻如同一座宏偉高山一樣橫擋在那。那種由內心深處升起的恐慌和緊張，讓少女心臟一陣緊縮，腳步竟不自覺的慢了下來。

而像是察覺到有人到來，那人緩慢的微微偏首，睜眼朝她看了過來。一雙血色猩紅的冰冷眼眸，讓這慘灰世界亮起一抹耀眼色澤。

少女嚥了口唾沫，壓下心頭在看見男人赤瞳後的驚懼跟困惑。這雙豔紅的眼好像曾在哪裡見過一樣。她定睛稍微看清了男人的樣貌，這下她真的肯定自己不認識眼前的男人，可心中這種想逃又想靠近的心情是怎麼一回事？

兩人隔著雨幕對望，沉默不語。

半晌，男人像是發現了什麼……

少女那雙與他對上的黑瞳深處，正隱隱閃耀著星辰般的點點光輝，很微弱的星光，卻讓那雙眼眸如同星海般的燦爛。

而此刻，追逐在少女身後的惡徒聲音傳了過來：「快來！那小妞在這！」

在聽到那些惡徒們的粗魯喊叫聲後，少女身子先是一僵，隨後壓下心中繁瑣的情緒並收回視線。

就在她收回視線的剎那，她似乎瞥到男人刀削冷峻的臉龐上露出一抹難測的詭譎笑意，這笑容並不明顯，但是卻讓她在不寒而慄的同時，卻又浮現一種名為「緬懷」的奇異情緒。就好像，她真的曾經在哪裡看過這個人這樣笑著似的。

是錯認？還是她真的忘了？

少女心中雖然閃過很多想法，但此刻的她只想趕快逃開那些惡徒的追捕，然後回到爺爺的身邊，沒有多餘的時間讓她去細細感覺心底那陌生的突來情感。

她看著赤髮男人身側的空曠處猶豫了一會，最後還是鼓起勇氣邁開步伐，朝男人身側繞了過去。

「快點，那小妞又要跑走了！」

一名跑在前頭的大漢吆喝著同伴，他看見少女繞過了站在道路中間的赤髮男人遠去。而那赤髮男人卻在他們到來之後絲毫沒有要閃避他們的意思，依舊逕自站立街道中心，似乎還有擋下他們的意圖。

赤髮男人的行為讓隨後趕來的領頭惡徒惱怒。想他們在這一區橫行無阻，哪一個人看到他們不是戰戰兢兢就是討好賣乖的？誰敢阻攔他們尋找樂趣？

看著少女的身影漸漸跑遠，直到消失在街道之外，他原本打算玩鬧小女孩的愉快心情全被破壞得一乾二淨。

「你這打哪來的廢物敢擋你大爺我的路?你知不知道大爺我在這附近可是名聲響叮噹的?我不僅在警備隊裡有認識的人,跟慕容世家的護衛也很熟!那小妞是大爺我今天的獵物,結果你這渣蟲竟然敢擋大爺我找樂子?!」領頭惡徒怒罵著,一口一句「你大爺」粗俗的叫著,態度粗魯。

哪知赤髮男人並未理會他的咒罵,而是依舊注視著少女離去的方向。

「找到了。」赤髮男人看著少女離去的方向低語著,嘴角輕揚起一抹淡然的笑容。

接著,他轉過頭來看著那一群凶神惡煞般的惡徒們。

絲毫不在乎彼此雙方人數相差懸殊,那雙赤瞳裡頭,毫不掩飾自己對他們的藐視。

而惡徒們一向只有他們欺負人,哪時嚐過這種被藐視的情況?赤髮男人的目光瞬間讓眾人怒火中燒,領頭惡徒更是惱火的破口大罵。

「白痴!看樣子不給你點教訓你是不知道厲害了!」

領頭惡徒暗中朝身旁的手下們投以行動的眼神,其他惡徒們發出了壞笑聲,從腰側或背後抽出了或長或短的刀劍,神情噬血。

「馬的,你那什麼眼神?看老子把你眼睛挖出來!」

其中一個性子較為暴躁的惡徒吆喝了聲,抄起手上的大刀就這樣朝赤髮男人衝了過去,隨著他展開攻擊的行動，其他幾人也紛紛跟了上來，神情無比猙獰，武器在雨中閃動著銀光。

領頭惡徒一臉暴戾，反手從腰間抽出兩把帶毒的碧色刀刃，彎著身子潛入了陰影。雨聲遮掩他的腳步聲，牆面的陰影以及雨水製造的混亂，讓他打算趁著手下攻擊那人的時候，偷偷近身，然後在他無法防備之時補上一刀。

然而，或許是報應到了，這一群橫行霸道、幹盡壞事的惡徒，這次終於踢到了一塊硬得不得了的鐵板！

當衝在最前頭的那位惡徒舉著大刀來到赤髮男人的身前時，那刀停在赤髮男人臉側莫約三十公分的地方，就被赤髮男人輕巧的一指擋下，鋒銳的刀刃不但沒有在那看似尋常的血肉上割出傷痕，反而刀身還併裂出一道口子。

然後，赤髮男人依舊一臉漠然，平靜的就像是隨手拍死了一隻蚊子。讓持刀惡徒一臉緊張恐慌，魁梧的身子竟忍不住瑟瑟發抖，抖得那大刀散著淡淡銀光，就差沒抖出殘影來了。

男人只是用那如鮮血般豔紅的眼，淡淡的掃了其他朝他攻來的幾人一眼。也就那麼一眼，幾位惡徒原先猙獰狂妄的神情突然凝滯。

那瞬間襲來的可怕殺氣，讓他們差點誤以為眼前的男人其實是一頭惡鬼。

有些人一感覺到不對勁，很快就收住攻勢，一臉防備的遠望著那如惡鬼般的男人；有些人則是直接撲倒在地，當場摔了個狗吃屎，手邊的武器也掉了。

在灰暗的雨日中，雷光閃動，讓男人的赤髮異常顯眼，那猩紅的眼更是如此，搭上那無形的森冷殺氣，更是讓人為之膽寒。

看到這樣的情形，領頭惡徒原本蓄勢待發的攻擊動作遽然停了下來。

末了，赤髮男人朝著領頭惡徒躲藏的地方輕巧的看了一眼。最後收回了那帶有銳利殺氣的眸光，旋身朝少女離去的方向走去。

被殺氣嚇住停止攻擊的惡徒們此時卻是有人突然嘔出鮮血，一時間哀號聲四起。

領頭惡徒也發出一聲哀號，張口吐出了血花。

領頭自認實力不差，他在貧民區橫行有一段時日，從未遭遇過比自己和手下們還要強大的敵手，這一度讓他因為自大而忘了天外有天。那人僅僅一眼以及那瞬間襲來的殺氣，就讓他感覺體腔器官似乎都被無形輾壓了一般，渾身星力暴動，全身筋骨傳來撕裂感，劇痛得讓他在發出哀號後癱軟在地。

看著男人遠去的身影，所有人的眼中皆是寫滿了恐懼，無不在思索那人是誰。

而在此時有人發現了異狀。明明是身處雨中，但眾人的腳下卻不知何時變得一片血紅，腥臭的氣息變得凝重，而雨仍舊下著，卻無法沖刷掉這異常的豔紅。

眾人面面相覷，有人當下察覺不對，立馬邁步逃跑。但才剛剛跨步，卻像是陷入泥沼般的被瞬間吞沒，連聲慘叫都來不及傳出。

死亡的氣息瀰漫。

很快的，血色退去，雨水繼續洗刷著灰石的街道，就像先前的豔紅未曾出現過一樣。

Chapter 02

再逢故人已成枯骨

來到熟悉的巷弄，看見那從未像此刻如此渴望回歸的老舊矮房，少女亮了眼眸，加快了步伐。

「爺爺，我回來……嗚！」少女才剛鬆了一口氣，正要推開家裡大門的時候，在房子四周的陰影處突兀的出現許多身穿黑衣的陌生男性，更有一人從她身後拿著一塊瀰漫著異樣甜香的帕巾摀住了她的口鼻。

湯鍋掉落，少女驚愕的瞪大了眼眸，但目光卻死死看著那因為她先前推門的動作而「嘎吱」開啟的大門，有那麼一瞬間，她希望爺爺來救她，但卻又矛盾的希望爺爺不要聽到她的呼喚就出來迎接——外頭有壞人！

意識迷失在甜得濃郁的香氣裡頭，思緒變得沉重、緩慢又渾沌，在昏迷的最後瞬間，少女只記得……自己終究還是沒能逃掉。

「目標物捉到了。」身穿黑衣的男人匯報著，他將昏迷的少女交給另一人，然後看了那矮舊的老房一眼，平靜的下達命令：「把屋子燒了。」

「那裡頭的人……？」

「來之前就嚥氣了，一起燒掉，不要留下痕跡。」

「是。」

其他人動作快速且平靜，明明是在縱火，卻像是做過無數次般的熟練。

因為是雨日，尋常火苗不易點燃，於是黑衣人們點燃了連接進矮房內部的燃油引線。矮房裡很快便燃起了熊熊大火，黑衣人帶著昏迷的少女光明正大的離去，而附近的鄰居街坊，卻沒有一個人對那棟從屋內冒出嗆濃黑煙的屋子，以及裡頭的人伸出援手……擔心惹禍上身，更多的人選擇保護自己。

雨中，不遠處那團緩慢升起的黑雲顯得異常突兀。赤髮男人緊鎖眉心，神情嚴肅。那個方向正巧跟他要找尋的地方是同一個區域，還有那名少女也是，這樣的巧合讓他加快了腳步。

然而當他動作飛快的抵達目的地時，一向平靜的眼神閃過愕然，他隱沒黑暗之中，看著黑衣人們帶著昏迷的少女離開。而那孤寂傾倒在地的湯碗，營養的湯汁已經被雨水沖刷乾淨。方才那短暫一眼，他知道這是剛剛那小丫頭帶著的東西，而她似乎就住在這，但有可能那麼巧嗎？

他的目光看向眼前開始從門縫間冒出黑煙的老舊矮房。布滿著綠色的黴菌與青苔的矮房牆面，因為大雨而潮濕；那扇有些年代的鐵製大門，因為屋內的燃火而顯得焦黑。

男人抿著薄唇，看著矮房牆面的老舊門牌，冷峻的臉上閃過一絲隱隱的哀傷。

沒有理會那被抓走的女孩，男人有些粗暴的踹開大門，絲毫沒有猶豫的走進屋子裡頭。奇異的力量在他周身形成一層防護，讓他在火光中可以自在的穿行。

屋內是一片凌亂，看起來就像是被洗劫過似的，桌子被翻倒、衣櫥被打開，衣物成了火焰的燃料。

男人的神情在火光的映照下變得異常猙獰。

他動作飛快的在各個房間穿梭。最後，他在一處火焰還未侵襲到的房間停了下來。

房間不大，床榻上躺著一位面色枯黃、身軀乾瘦的老人。他垂散床榻的髮絲銀中帶著褐紅，眉心緊皺，似乎在擔心什麼，先前從門縫間竄入的黑煙，在他臉龐與身上留下了黑痕。

此刻，在戰天穹的感知裡，眼前之人的生命氣息已經流逝得一乾二淨……他終究還是來晚了。

赤瞳黯然，隨後長嘆了聲。

「你這又是何苦呢？」他低喃著，語氣苦澀。在揮手間讓自身四周的力場擴散，包裹住整個房間，阻隔了黑煙與火焰。

早在幾日前，他接到家族傳來關於失蹤已久族人的消息。由於他正巧人在原界，便趕了過來。

沒想到最後還是來遲一步。

昔日熟悉的那位意氣風發的俊朗青年，如今卻成了一具老者遺骨。老人的容貌上依稀有著當年的痕跡，卻蒼老的讓他嘆息不已。這位族人已經失蹤了三十多年，再見面時已是滄海桑田。儘管見慣了死亡，卻還是讓戰天穹心口感到一陣乏力黯然。

他探手替老人抹去臉上黑漬後，開始打量這棟殘破的住家。

床邊的小櫃上放著一只老舊相框、一盤已然冷去的菜色，底下還壓著一張紙條。

男人隨意的抽起閱讀。

爺爺，早餐我弄好了，你一定要吃喔！

我今天會去老闆那，看看能不能拿碗熱湯回來給你。要記得吃藥！

君兒^^

秀氣的字跡。紙條末端還畫了個笑臉的符號。

接著他隨手拿起照片。看著裡頭的一老一少笑容燦爛，瞬間他眼神一凜。

這女孩不就是方才與他擦身而過的少女嗎？如果她真的是這位失蹤多年的族人特別託孤的對

象，那他擔憂的事情已經發生了，她還是被抓走了。
但真正讓戰天穹愕然的，是那該死的巧合！
為什麼，他要找的人竟會是族人的託孤對象？！而他花了十四年尋找的存在，竟然會與自己找了更久的族人湊到一塊？
這真的是巧合嗎？
如果那丫頭真的跟這位族人關係匪淺，這樣他的尋覓不就沒有意義了？這樣他就無法殺了她，從她身上得到控制自身詛咒的力量了……
戰天穹甩開腦中繁瑣的思緒，眼下他還有更重要的事。
他目光落到老人乾瘦如柴的手上。老人其中一手似乎緊抓著什麼。戰天穹由老人手中抽出了兩封被掐皺的信封，一封署名給「君兒」，那位先前被人抓走的、擁有星星之眼的女孩；另一封信則署名給「戰族」。
戰天穹將兩封信件收了起來。
他又沉默的看了老人的屍身一會，將星力轉換成烈焰，那火焰點燃了老人的身軀。
老人蒼老的容貌在火光下，原本擔憂的神情像是了結心願似的，鬆開了緊鎖的眉心，嘴角帶著淡淡笑意，看起來無比安寧。

很快的，身軀燃盡的飛灰被戰天穹用封罐收起，但那火，仍舊繼續燒著。應和著外頭的火焰，像是要將一切焚燒殆盡一樣。他收攏周身的力場，讓火焰開始瘋狂蔓延到床榻以及窗簾上。

最後，他的身影自屋內走出。

他靜靜的佇立雨中，像是在替他那曾經熟悉的族人送行。

那火，最後燒去了一切，燒去了那人曾經存在過的痕跡，燒疼了他那顆鋼鐵般的男兒心。戰天穹靜靜的看著燒得只餘下灰燼的區塊，眼裡哀傷卻又轉瞬即逝，憑著感知他很清楚這位族人是自然死去的，但是那些意圖縱火傷人的賊人，注定將會遭到來自於他的報復！

「痛苦」這一詞已經不能形容他的感受。

千年來他不斷的看著族人戰死或老死，而他卻容貌依舊，歲月仍長。也許，這是宇宙對他這個罪人的懲處吧……要他，活著承受罪罰！

他唯一能替族人做的，就是盡可能的保住他們深愛的一切。

想起相片中那名笑容燦爛的黑髮少女，又想起先前在雨間與她錯身而過眼神交會的剎那，戰天穹在心裡苦悶嘆息著：「這究竟是巧合還是命運的安排？為什麼擁有星星之眼的存在會是你託付的對象？這樣我是怎樣也下不了手啊……」

花了十來年，走遍原界各地，看過無數雙的眼，好不容易才找到他一直尋找的存在，那眼中閃動著星星光點的存在，卻沒想到，竟然會是以這樣的身分出現……

最後，戰天穹憑著傲人的感應力追到了迷昏少女的黑衣人所在，看著那頗具古風的寬敞宅邸，他神情冷峻的記下了這個帶走少女，又意圖縱火傷人的家族——原界的大族之一，皇甫世家！哪怕在更早之前，他的族人就已經死了也一樣，犯我族者必殺之！

沒記錯的話，這個世族的新界本家似乎還跟他們戰族有過不少衝突。

他森冷的赤眸寫滿殘酷，卻沒有當場暴起前去奪回那昏迷的女孩，平靜得可怕。

明白了少女暫時沒有危險後，他便隱匿身形離開。

在市區的街道上，戰天穹尋了一處安靜又具有隱私性的餐廳包廂落坐，開始聯繫族人接手後續工作。然後，他翻出了那封族人臨死前指名要給戰族的信，上頭顫抖虛弱的字跡，可以見得那人是在何種衰弱的情況下寫下此信的。

致，久違的戰家族人：

我快死了。在妻子死去的十五年後，我終於可以回歸宇宙與我的妻子相聚了。但將死的我始終放不下君兒，我心愛的寶貝孫女兒。

十四年前，我在原界的星辰淚火之夜撿到這個孤苦伶仃的小女嬰，讓才剛剛喪妻的我有了新的人生目標。

我收養了她，替這似乎被棄養的小女娃取名作「君兒」，與我同姓，淚君兒。她有著罕見黑髮黑眼，是個很可愛又堅強的小女娃。

我將君兒一手拉拔長大，將其當作自己真正的孫女兒一樣的疼愛照顧。

因為君兒腹部上的特殊印記，我猜想她可能是遺落在外的原界世族——皇甫世家的成員。在原界生活了大半輩子，我很清楚這個家族將女人視為商品的卑劣舉止，若君兒被抓，勢必要過著被剝奪人權的後半生，被當成貨物買賣，以及成為皇甫世家的工具！所以我小心翼翼隱藏君兒的秘密，不想讓她被那視人命為物品的家族抓回去。

前些時候，有傳言說皇甫世家四處在抓捕遺落在外的子孫。知道這件事情的我萬分擔憂，可我的身體已經快要支撐不住，沒辦法再護她周全。幾番思考後，我決定求助久未聯繫的故族……

家族了。

很抱歉我在離開家族多年後又回來請託家族協助，但戰族是我唯一想到能夠幫助我照顧君兒的家族了。我拜託一位不錯的傭兵將信送至新界戰族，當戰族人看到這封信之時，我若不是將死就是已死。我一輩子除了求龍大人去龍族戰場救我那傻弟弟外，再沒求過家族為我做一件事，這是我第二次，也會是最後一次的請求。

我現在只求家族能替我照顧我可愛的孫女兒。拜託了。

最後，替我和我那傻弟弟說一聲：哥從沒怪過你。

還有，替我向鬼大人轉達一句話：鬼大人，不肖子孫戰無意負了您的期望，拋棄了戰族的姓氏、拂逆了您的期許。您對無意的這份期許，無意下輩子再還！下輩子，我還要再回到戰族，成為戰族的第二位守護神！

我從不後悔自己姓戰。身為戰族人，死為戰族鬼。我以身為戰族人為傲，這一點，我這輩子都不曾後悔過！

淚無殤／戰無意　絕筆

這遺書般的內容讓人看得不勝唏噓。戰天穹感嘆了一聲。他揉著眉心，想著族人的請託，眼裡閃過殘酷。

這裡是原界首都，也是早期人類所稱的「火星」。火星是繼月球之後第二個被人類開拓的星球，它擁有豐富的礦場，也是早期的移民根據地，更有礦場天堂之稱。在日後的異能爆發期，它也成了家族血脈極端盛行的星球。

自從舊西元時期末代起，人類掌握了一種全新的能量系統。這種能量不僅能成為科技運作的主要動能來源，人類更可以透過這種力量修煉自身能力。

而在人類開始淬鍊體內的星力進行修煉後，開始有人覺醒蘊藏在基因中的特殊天賦。這種天賦能力主要是依靠血脈基因遺傳，是只在血脈中傳承的天賦能力。

皇甫世家作為少數位於原界金字塔頂尖的世族之一，除了底蘊扎實以外，同時在新界也有一定的影響力與勢力，最主要的原因，就是這個家族遺傳的特有能力——那就是「繼承」。這特殊的能力只存於皇甫世家的女性身上，它能夠讓後代百分之百甦醒血脈能力的異常天賦。

人類延續自身血脈與力量的習性十分強烈，尤其自從人人都能修煉星力開始。在擁有強健體魄、獲得力量的同時，人類的生育能力就開始下滑，擁有越強能力的人越是不容易獲得子嗣。所以要生下能夠繼承血脈天賦的後代子孫，變成一件非常困難的事情。這恐怕也是宇宙要制衡人類的一種限制。

生育率下跌，再加上不一定每個後代子孫都能甦醒血脈天賦，這代表著血脈天賦可能斷絕或逐漸衰弱。

就在遺傳變成一件非常困難的事情時，皇甫世家的女人價值也越發水漲船高。說白了點，她們就是天賦遺傳後代製造機，這也是身為皇甫世家女性的一種悲哀。

透過聯姻與結盟，皇甫世家利用無數自族的女性與其他世家締結了龐大的友好關係，積年累月下，成為了擁有龐大聲勢的大世族。

漸漸的，皇甫世家的女性開始被剝奪自主權，成了不能自主人生的商品。雖然在各大世族中都有這種事情，卻沒一個像皇甫世家這樣明目張膽的「販售」自家女性——這一點雖然為人詬病，但只要你付得起價碼，就可以有效確保天賦與血脈的遺傳，因此使得許多世族都暗中默認這違逆男女平等條約的情況存在。

當然，雖然多有世族厭惡此事，但這儼然成為了一個大環境中的暗流，難以遏止。

然而，千百年過去，血脈再怎樣精純的世族也會逐漸衰敗。雖然皇甫世家「繼承」能力的基因仍存在，但能覺醒的女性也不多了。再這麼下去，終有一天皇甫世家所倚仗的輝煌將會永遠消失在人類歷史中。

於是，皇甫世家開始抓捕遺落在外的女性子孫，以求得家族的屹立不搖。

「皇甫世家，擁有星星之眼的少女，還有我的族人……」戰天穹托著下顎，慎重的思考著什麼。

那女孩，真的有能力能夠抑制他體內的詛咒？

這萬惡的罪糾纏他已有千年之久，原本以為找到傳說之人就可消除，可偏偏無關的人物卻有了關聯，將事情串成了複雜的結，棘手難解。

Chapter 03

哀痛的消息

「放開我！」黑髮少女潑辣粗魯的扭身甩手，試圖把緊揪著自己的對方甩開。她秀氣的小臉上充斥著濃烈的憤怒，黑亮眼瞳中的怒火恍若實質。若眼神能夠殺人，被她狠狠瞪著的男子早就死了百來次了。

她身上已經換上了一件舒適的簡單長裙，一頭男孩般的短髮還滴落著水珠。

淚君兒從昏迷中醒來後，就發現自己被一群穿著女僕裝的陌生女子包圍，接著她就被強硬的推去洗漱換裝。因為麻藥未退，全身乏力的她只能咬著牙，壓下恐懼與憤怒，任由女僕們擺布。

才剛換好衣物的她，硬是被人拽了出去，不知要被帶到哪去。

好不容易開始恢復力氣，淚君兒就氣憤的想要掙開對方的擒制。明知道自己根本無處可逃，但她就是不想被人限制著。

明明藉著那名赤髮男子的攔路她終於甩開那些惡徒，正想說可以鬆口氣了，才剛回到自家門口，她就又被另一群黑衣裝束的人直接迷昏。原先要帶給爺爺的湯都灑了，自己也不知道被擄至何方。

一心繫著生病的爺爺，不曉得那些黑衣人有沒有傷害爺爺，再加上對方將她粗魯前推的舉止，讓淚君兒瞬間怒氣猛暴，她扭頭張嘴惡狠狠的重咬對方的手背！

「混帳！」對方痛叫一聲，驀然抽回手，惡瞪了少女一眼。

看到對方手上的齒痕滲著斑斑血跡，淚君兒發出驕傲的冷哼聲。

疼痛讓對方氣極，更是用力的抓著淚君兒的纖細手臂。比先前還更加粗暴的力道讓淚君兒疼得顰起眉心。

只是這一次，她不再反抗。想起爺爺的教導，淚君兒的思緒終於從極端的憤怒與不安中轉為冷靜。

爺爺告訴過她，在陌生的環境第一件事就是要保持冷靜，這樣才能用客觀的角度去觀察所有的細節，也才能知道該做何反應。

淚君兒記著爺爺過去的告誡，開始觀察起這棟建築物。

越往建築內部走去，她的心裡震撼越大。

這是一棟高科技化的建築。金屬銀的地板上閃著奇異的符文光輝。

淚君兒認出那是這個時代的科技主軸——「符文」的一種表現方式，她曾經和爺爺在一間學校外頭看過。要知道，雖然符文已經成了這個時代的主軸，但每一個符文的刻劃與維持都需要耗費巨額資金，還需要高額聘請好幾位能力強大的符文師特別從新界回來進行作業，才能架構得出來。那不是他們這些窮人能夠接觸的技術和知識，但她聽過爺爺概略的講述符文的歷史與運用技巧。

這棟建築裡幾乎每隔一個區段就會看見一段符文，雖然不知其作用，但那流光閃動的字符傳來的能量感是如此清晰。如此龐大並且能量磅礡的符文，可不是隨隨便便就弄得出來的。

她愕然看著那滿布地板的符文，吃驚於建築物的主人或家族的財力。

因為她的注意力被符文拉走，沒了先前的潑辣後，拖拉她的男子也放緩了力道。

淚君兒細細的觀察著周圍。身為一個在貧民窟長大的孩子，為求生存，她早就鍛鍊出銳利的觀察力，以往要判斷的是客人的情緒和身分，現在她則是要查出哪裡有可以逃脫的可能性。

但很可惜，她所看到的牆面構成十分精巧，牆與門間甚至沒有縫隙，如果不是門上流有符文，根本無從判斷。

她好奇這樣要如何通風，於是又在天花板的角落發現長度只有一個手掌寬的通風口，也意外看見了很多隱藏在銀色牆面中的淡淡閃光點……那是監視儀器的鏡頭。

這個地方就像一個巨大的銀白色鳥籠，而她是即將被拖入深處的無能鳥兒，只能被那一扇扇如怪物般張開巨口的大門吞噬。

冷不防的，淚君兒突然想起了爺爺過去曾警告她，要小心別讓別人知道自己腹部上有個奇妙印記的事情，也曾聽說過很多關於皇甫世家的惡事。

幾番聯想後，她大略猜到了，這綁架自己的家族可能就是傳言中的皇甫世家。想到自己的未來可能會因此受到限制，並且成為被剝奪人權與自主權的商品，她就感到不寒而慄。

她好後悔，自己無意間跟某位女性同事說了這件事。她明明那麼相信對方的呀！而在談論過這件事不久後她就被抓了，很明顯的，她被背叛了……

想到這個可能性，她就感到一陣心痛與無奈。

果然，她還是太天真了。

穿過一扇華麗的金屬大門後，男子推著淚君兒進了一間寬敞的房間。

這間房間與先前不同，特別的富麗堂皇及奢侈。房間的末端是一個高起的平台，上頭擺上著一張雕刻精細的木椅。房間四周擺放著黃金以及水晶打造的裝飾，幾乎就要撩亂淚君兒的眼。

這是她這輩子從未看過的奇景，但莫名的，心卻越發的冷沉下來。只因她想到，這些寶物不知是用多少皇甫世家女子作為商品換來的，她就覺敬謝不敏。

「家主大人，新捉來的商品已經帶來了。」男子冷冷的看了淚君兒一眼，眼裡滿是冷漠——那是漠視人類尊嚴的漠然，這讓她很是不爽。

而男子面向某處交代完此事後，就不再理會狠瞪他的少女，轉身離開了。

對方離開後，獨留在這個異常寬敞的房間裡，使淚君兒有些侷促不安。

「妳就是淚君兒？」冷漠的男人嗓音突兀的傳出，打斷了淚君兒腦中的思緒。一名身穿華美長袍的中年男人，從房間的末端，也就是木椅後方雪白色的簾幕後走了出來。

淚君兒一愣，先前她的注意力被那些漂亮的小東西拉走，沒注意到木椅後方的簾幕，這讓她不僅有些警醒和惱火——不能再被這些看似美麗，實際上不知道用了什麼手段或賣了多少女性得來的珠寶給騙走注意力了。

而對於男人的問話，淚君兒只是冷哼了一聲，昂起下巴傲慢的與之對視。

中年男人陰冷的臉上有著大世家特有的傲然。他優雅的走向木椅，隨後落坐，掌心輕擊，幾位穿著女僕裝的女子便從一旁端著茶點走了出來。

「雖然不知道妳是哪個從皇甫家脫逃的女子留下來的後代，不過既然擁有皇甫世家的血脈印記，就是我們皇甫家的人。」男人邊品著茶香，嘴角滿是戲謔的嘲弄笑意。

「誰和你們皇甫世家有關係了！」淚君兒不管男人說的什麼皇甫家、什麼血脈印記，只是瞪著眼，怒瞪著台上的男人。爺爺還在等她回家呢。皇甫家什麼的不關她的事！

男人沒有回答，只是冷笑。

男人那抹殘忍的笑容讓淚君兒心中發毛，她開始擔心起爺爺的安危，神情瞬間變得焦躁不安。

這時，一名穿著深色套裝的豔麗女子從外頭走了進來，她越過淚君兒，逕自走到男人的身旁。她身著套裝，表情嚴肅，看向淚君兒的視線卻帶著一絲嘲弄，再轉而看向男人的時候變得專業。

「族長，報告出來了。」

「說。」男人輕輕彈指，讓女僕為他送上茶點。

「淚君兒。年十四歲。襁褓時期便被一位膝下無子喪妻的老人收養，近日我們收到消息，有女子疑似是流落在外的家族血脈，才因此搜索到她——也確定了她身上有印記。無獨特天賦。最後，她還是處女，可進一步進行商品等級評定。」女人報告完那薄如紙張的高科技光腦螢幕上顯示的資料，等待男人的下一步裁決。

那一句「處女」讓淚君兒臊紅了臉，但商品等級評定更讓她感到憤怒——她才不是物品！

但憂心爺爺的安危，隱忍著怒氣，她詢問道：「我爺爺呢？」這是她唯一想知道的答案，那位照顧了她十四年的老人家還好嗎？

「死了。」女子清冷的回答。

短短一句回答便讓少女呆愣現場。

「……什麼?」淚君兒一愣，因為女子的話，原先佯裝的堅強露出了裂痕，顯然這個消息對她打擊很深。只是，臉色又在下一刻變得無比猙獰。

「妳騙人，早上我出門的時候爺爺人還好好的!雖然他沒什麼食欲，不過他人還是很有精神的，怎麼可能就這樣走了?爺爺說他還要再陪我十年的!騙人、騙人!一定是你們殺了他!」

斗大的淚珠自淚君兒的眼眶滑落。憤怒的她揮舞著拳頭，想要攻擊那女子，卻被對方靈巧的一個側踢阻擋了動作。

無助的她悲憤交加，頓時跪倒在地，再難掩心中悲傷，哽咽出聲。

「你們騙人!爺爺、爺爺才不可能死掉!」

坐在華貴木椅上的中年男人冷笑，說道:「不過就是死了一個窮鬼而已，皇甫世家會給妳更多妳以前沒有的美好生活，妳很快就會忘了那個老頭子。」

「才不會!我才不會忘了爺爺!我也不需要你們那些骯髒的東西!」淚君兒憤怒的朝男人咆哮著，卻因為哽咽讓話語完全沒有殺傷力。

中年男人不耐煩的揮了揮手。

「小丫頭，妳也不是第一個說這種話的人了。反正到最後妳會明白，皇甫世家能給妳一切想要的，只要妳乖乖聽話。反抗和掙扎以及試圖逃脫是沒有意義的……擁有印記的妳，命中注定是商品的命，就乖乖成為一個乖巧的商品吧。」

男人話語間充滿著惡意，讓淚君兒更加憤慨的瞪視著他。

最後，男人丟下一句「把這丫頭安排一下」，就從簾幕後離去了。

哭泣中的淚君兒，被女子招呼進來的大廳護衛帶著離開。

就在這一日，淚君兒原本平凡的人生起了巨大的轉變。

Chapter 04

面對絕望才能看見奇蹟

淚君兒被帶至一間簡潔乾淨的房間，女子和護衛隨後就離開了。房門的控制面板閃爍了幾下，「嗶」的一聲後自動落了鎖。

君兒，來，爺爺買了包糖給妳。

睡不著呀？爺爺哄妳睡。

君兒！怎麼跟別人打架了？爺爺看看有沒有受傷。

哎呀，領了那麼多錢，今天就吃好一點的吧！

君兒，爺爺跟妳說爺爺和奶奶的故事喔！

老人慈愛的容貌不斷閃過眼前。

淚君兒憶起今日早晨要去打工之前跟爺爺最後一次的對話。

爺爺因為身體本來就差，這幾個月狀況突然變得更嚴重了，身子在短時間內飛快的消瘦，原本豐盈的頰畔變得乾扁，褐紅色的髮絲更多了銀白。

早晨爺爺坐在床榻上，拉著她的手跟她說話。

「君兒，要記得爺爺說過的話哦。如果爺爺哪天走了的話，記住，不要哭喔。爺爺希望妳快快樂樂的。還記得爺爺說過的話嗎？爺爺已經交代爺爺的親族派人來照顧妳。對方擁有赤髮赤眼的特徵。君兒以後要乖乖聽話，知道沒有？」

「我只要爺爺！」淚君兒賭氣的說著。

老人那褐紅色的眼睛只是溫柔且慈祥的注視著她。

當爺爺早上笑著、彷彿無病無痛的跟她說那樣的話時，她就有預感，爺爺可能是迴光返照，近期內就會離她而去了。當天下班前她請了一星期的長假，就為了能夠多陪陪爺爺，只是沒想到爺爺那麼突然就走了，她還有好多話沒和爺爺說呢。

她怎樣也不能相信，世界上最疼愛自己的爺爺就這樣撒手人寰了，而自己竟連他的最後一面都沒有見到……

「爺爺……我會好好活下去的……」淚君兒的雙手緊握成拳，斗大的淚珠不斷滑落。緊抿唇，她堅強的不讓自己嗚咽出聲。

不久後，她用力抹去臉上的淚痕，說道：「身為商品就要有商品的自覺？我才不要呢！我的人生我要自己掌握，才不要被皇甫世家束縛著！爺爺說過了，這個世界，沒有做不到，只有不肯想！」

當淚君兒說完這句話的時候，眼中閃耀著光輝。長年在困苦日子中掙扎，讓她比同年齡的孩子還要更成熟。

倔強的神情再度回到臉上。

就算是再龐大可怕的家族又怎樣？

他們能夠剝奪她身體的自由，卻不能阻止她思想的自由！

儘管心裡還是因為爺爺死去的消息而抽痛著，但是淚君兒很快調整好心態，因為她知道，只要她多消沉一日，就是少去了一天的機會。至少，她要搞清楚爺爺到底是不是被皇甫世家的人害死的，如果是的話……

淚君兒紅了一雙眼，雖然她現在還無能為力，但是她一定會復仇的！

平復一下激動的心情，她開始觀察起房間。

這是一間長方形的房間。幾乎是她以前和爺爺一起住的小房子的五倍大，大約有五、六十坪。

房間劃分成三個區域：最深處有著一張柔軟的讓人想要躺上去打滾的大床，和一座隱藏於牆面裡的壁櫃；中間是一張寬敞的金屬書桌，和一架雪白的平台式鋼琴；剩下一區放置沙發與茶几，以及一間乾濕分離的浴室。

這裡就好像高級飯店的房間一樣。

雖然淚君兒從來沒去過高級飯店，但是好歹她也看過照片。皇甫世家將「奢華」這兩個字用得淋漓盡致，讓她一時間也迷惑了心神，發出了感嘆聲。

要是能一輩子住在這裡有多好？

不過很快的，這個一閃而過的念頭瞬間便被淚君兒掐滅了。以前她也幻想過要住在大房子裡頭，有小庭院，有自己的房間，有乾淨漂亮的客廳，但如果這些是要用自己的未來和自由來換取的話，她寧可不要！

淚君兒知道，必須學著讓自己抵抗這種魔鬼般的誘惑，若是真的陷入奢華的陷阱，那麼，她就真的無法離開了！

人一旦被物質迷惑了心，要再重新找回自己就更難上加難了。

淚君兒四處觀察著。她發現，金屬的房門裝有磁卡門鎖，似乎無法隨意開啟，而房內的窗戶與空氣循環則跟外廊的設計一樣。顯然皇甫世家在這方面下足了心思，就怕她們這些「商品」逃掉。

淚君兒無比挫敗的坐倒回床榻上，臉上滿是沉重與嚴肅。

「不行！如果現在就放棄的話一切都完了！」

她猛地搖頭，試圖讓自己甩開絕望的情緒。

金屬門上傳來了訊息檢視的聲音，隨後門便自動打了開來。那名身穿套裝的女子再度走了進來。

淚君兒在看到她之後，露出了戒備的神情。

但她眼眶泛紅卻又強裝戒備的模樣，卻讓女子玩味的挑起柳眉，似乎是對她無能為力卻又佯裝堅強的狀態感到好笑。

清了清喉嚨，女子走至淚君兒的身前，遞過一張輕薄的藍色半透明卡片，卡片上頭有著符文刻印。君兒猶豫了一會後，便小心翼翼的接了過來。

「從今天起，妳的名字將改為『皇甫君兒』。這是妳的身分證明，請收好。妳可以稱呼我衛秘書，往後由我負責安排妳的課程。過段時間會再為妳安排一位貼身保鑣。稍後也會有一位妳的專屬女僕前來報到。」

「明天君兒小姐要先進行體能和星力的檢測項目，另外還有基礎的文史測驗，之後會根據妳的程度安排補課。平日妳將與其他大小姐一起上課。」

「大概就是這樣。不曉得妳還有什麼想問的嗎？」

「我爺爺不應該走得這麼突然，是不是你們動了什麼手腳？」君兒眼眸冒起了仇恨的火光，咬牙切齒的問著。

衛秘書沒有因為她的質問而有表情變化，只是同情的看了她一眼，語氣平靜的回答：「剛才我已經請人去探聽了，妳爺爺確定已經死亡。因為住家內部發生火災，沒能逃出來。」她沒有提到那是皇甫世家的護衛放的火，就留給這小女孩兒無限的想像空間吧。

衛秘書熟練的說著，就像是重述過無數次這樣的謊言一樣。

君兒呼吸一滯，佯裝的堅強終於崩壞，她眼淚直落，卻沒哭出聲來。

果然，此刻傷心到完全沒辦法思考的少女，被衛秘書這樣真假交錯的謊言給蒙騙了，卻忘了當時是雨日，在潮濕陰冷的天氣裡，火苗哪有可能說燃就燃呢？

君兒覺得自己要暈過去了。

難道爺爺是自殺的嗎？

不可能！

還是她早上料理食物後，火爐沒有關好？

確認爺爺真的已經去世了，讓君兒悲傷得沒辦法好好思考。倍感絕望的她，瘦弱的身軀瑟瑟顫抖。

衛秘書淡淡的看了痛苦不已的少女一眼，但長年為皇甫世家工作的她知道，執行工作的她不能帶有個人情感。她深吸口氣，繼續未說完的事項。

「另外補充，課程的成績將會算進評鑑裡頭，只要評鑑夠高，皇甫世家會在一定限制的條件下同意妳的任何要求。」

聽到這，君兒眼睛一亮，她猛地抬起頭來，無比期盼的看著衛秘書。

「那我可以回家看看嗎？！」君兒急切的詢問。

衛秘書淡漠的回答：「如果評鑑好的話，或許可以。」

衛秘書的回答，讓君兒神情不再黯然，臉兒亮了起來。

她漾起笑顏。

只要能夠外出，那麼或多或少也算是個可以逃離的機會吧？

衛秘書稍微留意了她的臉上表情，提醒道：「如果妳是想逃跑的話，勸妳放棄這樣的想法。一旦被發現或是被抓到，可是會受到無比殘酷的處罰哦。」

「不過妳放心，為了保有『商品』的完整性，所以頂多是精神性質的處罰……」

君兒原本開懷的笑容一僵，頓時收斂笑容。她冷冷的回望著衛秘書，眼裡寫滿不甘。但儘管衛秘書的威脅很可怕，她也不會放棄逃跑的打算。

最後她在衛秘書的要求下，在浴室裡頭一次洗了溫暖的熱水澡——是從管路中流出來的熱水，不是像以前那種需要用大鍋煮的、要經歷一番辛勞才能使用的熱水。

雖然沒人不喜歡舒服生活，但是君兒不斷告誡自己，不能鬆懈。她心一狠，咬牙將熱水切成冷水。

冰涼的冷水灑落，不僅讓她的全身起了雞皮疙瘩，也澆滅了她苟且偷安的想法……

＊＊＊

洗完澡後，君兒換上了一件質料柔軟、粉嫩可愛的鵝黃色平口露肩洋裝，這是衛秘書方才去服裝室取來的衣物。

君兒無比尷尬的揪著裙襬。以前，為了打工活動方便，她就像個小男孩似的穿著褲裝，連頭髮都剪得其短無比。現在被強迫換上洋裝，裙底下空蕩蕩的感覺，以及肩頭的微涼感，讓她很沒有安全感。

「現在我先帶君兒小姐去教導歷史的老師那裡，她會跟妳講解皇甫世家的歷史。」

衛秘書看著走在自己身旁的君兒，她那雙漂亮的黑色眼珠不斷打量四周，似乎在盤算什麼。衛秘書忍不住冷哼了聲，暗中記下這位少女仍抱持著逃跑念頭的事，看樣子得讓她的女僕和保鑣多注意點才行。

君兒聽見衛秘書的冷哼聲，這才收回觀察四周的視線。不過，就這短短的時間內，也讓她看出一些東西來——內部走廊上走動著不少穿著制式服裝的男女，可能是皇甫世家的女僕與傭人，而放眼所見房門均裝有磁卡門鎖，應該都需要磁卡才能進出。

方才她也在自己的房間裡頭看見了監視儀器的反射光，不只外廊戒備森嚴，連內部走廊與房間的戒備也滴水不漏。這讓君兒在心裡咒罵了聲。

難道要硬闖？雖然她擁有罕見的天賦能力，但是過去她並不熱衷於修煉，再加上爺爺曾特別告誡過她要小心隱藏這份能力，久未練習讓她對能力的掌握不甚熟練，沒把握單靠天賦就能闖出去；

如果她貿然使用天賦能力卻還逃不出去，往後她這個「商品」將更加引人注意，永遠都無法脫離皇甫家了。

好在皇甫家目前似乎沒有發現她隱藏的特殊能力，這份力量將成為她未來逃跑的關鍵之一。

眼簾低垂，君兒思索著是否有其他的辦法可行。

可惜，直到衛秘書將她帶到講師面前時，她還是沒能想出個什麼辦法來。

最後君兒只好黯然又乖巧的坐在講師面前，聽她講解皇甫世家的歷史、她們這些被抓來的「商品」所該遵守的規定、她們可以擁有的福利以及價值。

皇甫世家勢力龐大、資產豐厚，不吝於給予她們這些「商品」舒適的生活、公主般的待遇，任何想要的物品，只要提出，皇甫世家都會滿足。

不過相對的，享有福利之餘必須付出代價，而她們的代價就是成年前沒有允許將不得離開皇甫家，成年之後將嫁與皇甫家指定的丈夫，進行政治性的聯姻。

為了保護自身的「資產」，皇甫世家對於「商品」的管制極為嚴格，除了層層的戒護，也會安排保鏢貼身監控。而所有的貼身保鑣都與皇甫家簽訂了契約。

這名為「靈魂誓約」的契約，是一種以靈魂為誓，絕對不可違逆的契約。一旦違約，違約者將會立即死亡！

渾渾噩噩的聽完講師的講解之後，君兒對自己的未來更是充滿了迷惘與擔憂。接著她又被衛秘書帶進另一間房間。

一位穿著白袍的老先生一臉淡漠的將一個設計精巧的銀色水滴耳環釘上她的耳垂。刺痛傳來，讓君兒有些難受的摸了摸因為疼痛而顯得火燙的耳垂。

「這是用符文技術製作的定位監控儀器，用的是特殊材料，外力是無法破壞的。不要試圖強行摘除，不然會『碰』的一聲，把妳的小腦袋炸成糨糊哦。」老先生恐嚇著。

他的話讓君兒臉色發白。但她卻不絕望。

她想起爺爺曾經告訴過她的一句話：「當妳感到絕望的時候，那就接受這個情況。只有接受並面對危機，妳才能看見那隱藏在黑暗中，微乎其微的奇蹟光輝……」

Chapter 05

隱藏與僞裝

「哦？有新人來了？」

舒適的沙發上正坐著一位身穿紫色筆挺軍裝，粉紅色長髮披散肩頭的絕代佳人。她擁有巴掌大的鵝蛋臉，雪白凝脂般的肌膚，秀挺完美的鼻子，鮮紅欲滴的粉唇以及細細如柳的黛眉。一雙紫色的眸子勾人攝魂。

女子原本慵懶的神情在聽聞對方告知的消息後，終於有了神采。

而告知她這消息的，是立於一旁的少女，她有著一頭微捲湛藍髮絲，容貌雖不若粉髮少女，卻是另一種氣質美人。

兩人年紀看似莫約十七、八歲。

「嗯。等她測驗完畢就會和我們正式接觸。」藍髮少女目光戒備的望著休息室外頭，確定沒有人後才問道：「緋凰，妳覺得這會是個『機會』嗎？」

粉髮少女輕撩自己的粉色長髮，那美豔無雙的臉蛋浮現一絲玩味笑意。

「還是得看那個人的本事還有心性囉，我可不希望……」

話語未完，她神情一凜，像是察覺到了什麼趕緊截斷話題，語氣變得傲慢，說出與先前話題截然不相關的話語：「我說過了，妳沒資格反抗！我叫妳做什麼就得做！」

藍髮少女先是一愣，隨後原本平靜的神情染上了羞辱，面有不甘的蹲低了身子，像個奴僕一樣，拿著自己的帕巾，低賤的為粉髮女子擦拭她的長靴。

不久後，少女們嘻笑打鬧的聲音離她們越來越接近，然後停在休息室外頭。

房門被敲響，男性的聲音響起：「緋凰小姐，大小姐們希望能邀請妳共進晚餐。」

「嗯。」粉髮少女只是輕輕一聲應答。

很快的，休息室的房門被打開了。

看著藍髮少女跪地幫粉髮少女擦拭馬靴的動作，有名大小姐面露惡意的笑著說道：「唷，奴隸，要替女王大人擦乾淨點呀！」

剩餘的幾名大小姐隨後發出了尖銳的嘲笑聲。

隨後一群人都看向了粉髮女子，原本尖銳的聲音都變得溫柔和緩。

「女王大人，我剛剛……」

「欸，這一次輪到我說了！女王大人，我今天打聽到一個有趣的消息——」

那些穿著華麗的少女們，開始搶著分享各自聽到的趣事，就像急欲吸引蜂后注意力的工蜂一樣，在她們臉上都看得到相似的情緒——那就是崇拜和仰慕。

粉髮少女一臉傲慢，狀似享受，眼神卻帶著一絲審視。

她是皇甫緋凰。大小姐中資歷最深、也是最高評等的……頂級「商品」！

＊ ＊ ＊

在城內一間飯館裡頭，兩個同是赤髮的男人坐在一間小包廂中。

戰天穹將那裝著骨灰的封罐以及那封要給「戰族」的遺書交給對方後，他便不再看那名臉色恭敬正經的族人，自顧自的品著茶。

另一位赤髮的男人在得到戰天穹的授意後便翻開了信件。看完信件內容後，他神情黯淡，最後發出了一聲長嘆：「沒想到舅舅竟然在原界，多年來我們竟然都找不到人。」

戰天穹修長的五指有節奏的敲擊著椅子的扶手，隨後命令道：「不悔，去查。無意他被人廢掉一身功力，我要知道是誰幹的。還有，公開與皇甫世家為敵，他們在我尋到無意居處時意圖縱火……雖然那時無意已經死了，但動我族者必誅之。」

他的語氣雖然平靜，卻可以讓人感受到他那深藏著的怒火。

聽戰天穹這樣說，戰不悔臉上先是露出震驚的神情，隨後又變得憤慨。

他知道當年舅舅離家出走時實力已是達到了「星海級」，要廢他修為，除非是舅舅自己心甘情願，再不然就是要遇上級數比他高的的強者才有可能廢得了他的功力。不管是誰，只要敢惹毛戰族，那就是不死不休的可怕局面！

「鬼大人，舅舅託我們照顧的女孩呢？」戰無意破例傳訊回來，希望戰族能夠代為照顧他收養的少女，戰不悔是知情人之一。

戰天穹飲下最後一口茶，神色平靜的回應：「我會處理。」

聽他這樣說，戰不悔也不好阻止。雖然眼前的男人看似年輕，卻是足足高出他幾個輩分的族中強者。輩分擺在那裡，他可不敢拂了長輩意思。

戰天穹靜靜的望著杯中的漣漪，「最近家族有什麼狀況嗎？」他獨自離開熟悉的環境十來年，不知道牽掛的家族有何變化。

儘管他的語氣平靜，但戰不悔卻能聽出戰天穹語中深藏的關切。

「族裡一切安好，只是慕容世家最近越來越不安分了，有消息提到他們似乎打算和其他的大世家結盟，為了跟我們戰族爭奪商業貿易的對象……」戰不悔條理分明的將戰天穹離族後發生的幾件大事概略講述了一遍，偶爾低頭記下戰天穹的指示，又提了幾個問題後才結束了對話。

「那鬼大人，我先將舅舅送回新界祖祠了，不知道您哪時候會回來？」戰不悔問道，語中充滿期盼。

戰天穹看了他一眼，搖搖頭。

戰不悔瞬間臉上浮現失望。

「我要去看看那丫頭夠不夠資格讓戰族庇護。如果她水平足夠、心性不錯，我會先操練她兩、三年再讓她回戰族，到時候我也會順便回去看看。」

「您要親自照顧她嗎？！」戰不悔語音方落就被戰天穹一雙赤瞳瞪得不敢再開口，儘管如此，他還是一臉難以置信的模樣。

雖然不知一向冷漠不管事的鬼大人，為何這次竟主動插手這事，但戰不悔也不好揣測長輩的想法。他將裝著戰無意骨灰的封罐慎重收起，然後恭敬的道別離去。

戰天穹放下手中茶杯，雖然以他的能力大可以直接闖進去把小丫頭搶出來，不過他打算先混進皇甫世家接近那個小丫頭，他要先確定她的心性，希望她不會因為皇甫世家的糜爛生活而扭曲了性子。然後……也順便確認她是不是他找了十四個年頭的人。

「星星之眼」嗎？

好友曾說，擁有星星之眼之人將會給予他渴望的救贖。當初他以為找尋到擁有星星之眼的人就能使自己從詛咒中解脫；只要殺了她，讓她成為他身上詛咒的養分，他就可以擁有控制自己體內詛咒的能力了。

但，他卻想起了那日，與少女對上眼時，自己心中那異樣的情緒。

明明是未曾見過面的人，但卻使他有種異常的熟悉感……

雖然告訴自己，她是族人託孤的乾孫女，所以他現在暫時不能動手；雖然美其名自己要留在她身邊是為了試探那丫頭的心性，但他其實很清楚，他只是想要查清楚自己心中那種複雜的情感為何而來。

而她，究竟是誰？為什麼……能帶給他這種感覺？

不知不覺間，戰天穹心中原本的殺意變成了好奇；那麼，又會從好奇中延伸出什麼呢？

＊　＊　＊

下意識摸了摸左耳上那讓她還有些不習慣的水滴耳環，君兒心情有些低落。她有些茫然的看著一位模樣可愛、穿著女僕裝的少女在自己房裡忙碌著。這位有著小酒窩的褐髮少女是今天開始專屬於她的貼身女僕，年紀看起來與她相仿，有一個可愛的名字——露露。

「露露，皇甫世家有很多跟我一樣從外面被抓回來的人嗎？」君兒開口，打破令人尷尬的沉默。

「嗯！還算多吧。據我所知，目前加君兒小姐的話，總共有十三位大小姐喔！和君兒小姐一樣從外面被帶回來的有大概五位左右，其他的大小姐都是在皇甫世家長大的。」露露將她所知的消息告訴了君兒。

而露露巧笑倩兮的模樣讓君兒稍微放下了戒備。

「對了，君兒小姐。如果沒意外的話，在家族應徵到保鑣前，您都只能待在自己寢室內用餐哦。雖然可能會讓您煩悶一段時間，不過等您的專屬保鑣上任後，您就可以跟其他大小姐交流了。這是為了確保您的安全，希望您諒解。」

君兒想到先前衛秘書以及講師就告知過她，將會有個保鑣貼身保護她，但現在聽露露再度提起，她秀氣的柳眉不由得微微顰起。

那麼往後，除了露露，她還要跟那名現在尚不知模樣、性別的保鑣長時間相處。這樣她的計畫是否會被看穿呢？

思量了一會，君兒決定向露露詢問有關於保鑣的事情，比起那位冷漠的衛秘書，或許露露願意告訴她更多吧？

「露露，是每個大小姐都會有貼身保鑣嗎？」

露露笑嘻嘻的解釋說道：「是啊，畢竟大小姐們身分貴重。雖然皇甫世家戒備森嚴，但為了更加保護大小姐們，都會安排一位全天保護大小姐們的貼身保鑣唷！」

露露說得理所當然，但君兒卻在聽見「全天保護」一詞後心頭微緊，頓時明白，保鑣的存在怕是除了保護她們，還要預防她們逃跑吧？

這讓她有些煩躁，不光是她的房間裝有監視器、磁卡鎖以及門上有著符文，她的耳朵上更有定位監控的符文耳環，如果再加上保鑣的貼身監視，這樣就算她的星力未來有所成長了，要逃出皇甫家也是不容易的事情。

看著君兒略顯煩躁的模樣，露露眼神閃動，記起了衛秘書在這位大小姐的資料上記錄的額外提醒，便笑著提醒道：「君兒小姐，希望您不要再想逃跑的事情囉！我想衛秘書應該已經告訴過您了。不過我還是要提醒您，對於逃跑的大小姐，皇甫世家的懲罰可是很重的。從加上限制項圈、電擊手鍊、到關進小黑屋都有哦。但只要您安分守己，皇甫世家可以給妳許多妳在外頭享受不到生活與無法擁有的事物喔。我相信您很快就會喜歡上這裡的生活的。」

露露笑容可掬，卻看得君兒心中一片寒涼。

她都忘了，就算露露是她的專屬女僕，但終究還是皇甫世家的人。或許，連女僕都是家族安插在她身邊監視她的角色吧？現在想來，似乎自己真的太放鬆了。她都忘了隨意付諸信任是一件很危險的事，那麼她就必須要更小心點才行。

她起身走到書架隨意取出一本書籍，但只是翻著。她想到，明天自己將要進行簡易測驗，而衛秘書說過，只要自己的評鑑夠高，是有可能取得出去透氣的機會，雖然她還是希望能回家看一眼，但根據先前那位講師所講述，能不能修煉星力關係著皇甫世家的重視程度，這讓君兒心中有了個打算。

一個天賦異稟的天才想必會被家族無比重視，並且經常會被關注。那麼，她就來當皇甫世家的第一個廢物吧！對於廢物，沒有人會多投以過多的注意。她要創造對自己有利的條件！

最後，君兒沉默不語。而露露則是淺淺揚笑，似乎對君兒在聽見她的警告後有所顧慮感到滿意。

就如同君兒心中猜想的，女僕的存在除了扮演照顧者的角色，也同時是監視者與警告者。

晚餐時分，君兒一臉苦惱的注視著高級的料理。色香味俱全的美食，用雪白的圓盤盛放著，大大小小的刀叉擺放在一旁，讓她不知該從何下手。

露露則耐心的指導君兒按照上菜順序，什麼樣的餐點該用哪種餐具，畢竟這是最基礎的用餐禮儀。

折騰了一段時間，好不容易君兒才搞清楚餐具和餐點之間的關連性，也讓她餓得肚子咕咕叫了。吞下食物，那入口即化的美妙滋味讓君兒忍不住瞇起了眼享受起來。

她擔心的事情終於來了。這種奢華的料理就像惡魔的誘惑一樣，不知不覺腐蝕人的意志。君兒咬了自己的舌尖，讓自己從那誘惑中醒過來。

現在她真的害怕了，害怕自己會在這奢華的環境裡迷了心智，甘願失去自由和未來，而沉醉在這紙醉金迷的奢華中。

於是，每嚐一口美食，她就咬一下自己的舌尖，用疼痛提醒自己，這只是幻境，她不能被這誘惑給動搖意志，雖然如此，她還是露出了滿足跟讚許的笑容，因為她知道露露正睜著茶褐色的眼睛審視著自己。

她堅信著，她現在所做的一切，都是為了以後的逃離！

✵ ✵ ✵

晚間，女僕露露在工作時間結束後告別了君兒。

君兒趁露露離開後，盤坐在床榻上，回想著爺爺曾經告訴過自己的事情。

「星力修煉」是由一位絕世天才發明，加之一代代人才完善了修煉方式，使得每一個人類都能夠學習這套星力修煉法。只是根據每個人的自由選擇以及天分差異的不同，所以也有不少人並不熱衷於星力修煉，頂多將之作為強健身體的一種方法。

但凡修煉星力的人，身上多少會帶有星力的波動。可若不是主動釋放或使用星力水晶柱測驗，是無法得知別人的確切實力，只能隱晦感知對方的氣勢強度。當然，高等階的強者擁有能夠辨明他人實力，甚至能壓制自身實力使人錯判實力的能力。但在原界，這樣的強者幾乎不存在。

而決心要成長的君兒，現在唯一要煩惱的是若自己開始修煉星力，會被保鑣或警衛發現自己的成長……

但想到這，君兒便悄然流露一抹笑容。

自幼爺爺就發現她擁有極其罕見，能夠遮蔽別人感知的特殊天賦。她能夠控制星力藉此隱藏自己的實力，這樣的控制天賦能夠讓別人摸不清她的真正實力，但因為當時她太過年幼，還沒辦法完全掌握這樣的能力，再加上她沒有修煉的打算，爺爺便告誡她要把能力隱藏起來，省得惹來一些大世族的注意，這將致使她遠離平凡安詳的日子。

如今，原本平凡寧靜的日子已逐漸離她遠去，所以她不得不把握身上每一個能夠協助自己成長的能力。過去，她未曾正視過自己的這份天賦，卻沒想到這幾乎快要被遺忘的能力，竟然會成為她是否可以逃脫的一個關鍵契機！

別人無法探查到她身上的星力波動，將會以為她只是個平凡的孩子。這也可以大大減低家族對自己的關注。

幾個平緩的呼吸後，冰涼如水流般的無形星力從額心處進入體內。後悔以往沒有好好鍛鍊，君兒決定從今天開始要努力修煉！畢竟，這是爺爺的期望，而且她現在需要能夠保護自己的實力，和往後逃跑的能力！

爺爺，我會好好活著的！君兒在心裡許諾誓言。

在吸收能量時，君兒刻意將體內流竄的星力完全壓縮，她不能讓他人感受到她身上的星力。同時動用了生疏的控制天賦。

幾次練習以後，她也逐漸掌握了這與生俱來的能力。

想到即將到來的修煉天分測驗，君兒利用控制天賦嘗試遮蔽身上星力的流動，並且逐漸將星力壓制到一個低微的水平上。只是因為太久沒有動用這份能力，在結束了修煉以後，君兒顯得無比疲倦，同時又感覺有些激動。

果然，她此刻感覺不到自己體內有星力存在，但身體卻明白這只是假象，那暗藏在體內緩慢流淌的星力，說明了她的控制能力起了作用，就連她自己都快被自己騙過去了，更何況是別人呢？

但這樣的力量還是需要多多練習，這將成為她最大的優勢。

躺上舒適床鋪的君兒看向窗外的晦暗月光，忍不住想起了爺爺的笑臉，淚濕枕榻。

從今天開始，她就要當一個巧妙隱藏自己的「皇甫君兒」了。

雖然戴著假面具很痛苦，但她發誓，總有一天，她會改回爺爺的姓氏，做回真正的自己！

「爺爺，晚安，我不會放棄希望的。」

輕輕闔上眼簾。想到爺爺已經不在了，君兒深切的感覺到，人生終究只能靠自己，沒有什麼比自己堅強還重要的事情了。

疲倦襲來，很快的少女便沉沉睡去，準備迎接未知的明天。

Chapter 06

以靈魂宣誓

哪裡是探聽消息最好的地方？

無庸置疑的就是酒館了，人蛇混雜的酒館，什麼八卦消息都可以探聽得到，從住在城西的老王他老婆紅杏出牆，到幾個大世家的醜聞，統統都可以在這裡打聽到。

「欸，你知道嗎？皇甫世家又要應徵新保鑣了！嗝。」一名醉漢飲著酒，俯在好友耳邊說著，還很不客氣的打了個酒嗝。他的音量大到讓其他人都聽得一清二楚，不過很顯然的這個消息老早就有人知道了。

「哎唷真可憐呢，又有流落在外的皇甫大小姐被抓回去了。」

「是啊，真羨慕那個舉報的人。據說通報皇甫世家消息，只要被證實的話，可以得到一筆巨額賞金呢。」

就在酒館吵雜紛亂的談話中，一個角落坐著一位身穿紅黑斗篷的人，兜帽蓋住了半張臉龐。

「客人，請問要點些什麼？」服務生主動上前詢問，揚起商業式的笑容，然後暗中打了個只有內行人才看得懂的手勢。

那人也回了個手勢，瞬間讓服務生眼睛一亮。

「皇甫世家徵選保鑣的資格限制與契約內容。」男人簡短的問著，暗中拿出一張暗色卡片與服務生悄然遞出的卡片交疊，將消息費用刷了過去。

服務生看著自己卡片中爾後顯示的數字，滿意的露出無比燦爛的笑容。

最後，戰天穹冷漠的閱讀著一張服務生事後送上的消息卡片。

看來皇甫世家公開應徵保鑣，應該也是為了那被抓回去的丫頭吧。

這是一個靠近她的好機會，無論是為了他死去的族人，還是那位少女的星星之眼，這個保鑣職務，他是當定了！

＊＊＊

走出酒館，戰天穹轉身繞進黑暗的小巷裡頭。再出來時，他臉上就多了一只猙獰可怕的惡鬼面具，連斗篷也換了件粗糙老舊的暗色斗篷。接著他便朝著皇甫世家的方向前去。

一路上也有其他人戴著古怪奇異的面具，旁人頂多因為他那極具特色的惡鬼面具多看了兩眼，便不再理會。

這次皇甫世家除了招募一位實力高強的貼身保鑣外，還有招募護衛隊隊員數名，因此很多人都親自前往報名，不過大多數人都是為了進入護衛隊。

皇甫世家給保鑣的待遇算是原界上數一數二的優渥了，但因為要簽下以靈魂為代價的契約，一般來說不會有人特別為了錢財而賭上自己的靈魂，所以貼身保鑣一職，報名的人數很少。

就在戰天穹等候排隊時，前方的隊伍忽然騷動了起來，似乎是因為有一夥人插隊，而且事態越演越烈。

「馬的！皇甫世家的保鑣應徵老子和我兄弟已經全包了！其他人都死一邊去！」高壯如山的莽漢揮舞著手中的巨斧，順道展示自己傲人的肌肉，臉上表情猙獰，還驕傲的釋放著自己的星力，氣勢逼人。

一些自知比不上對方的傭兵紛紛散去，原本就不多的報名人潮所剩無幾。

那人釋放星力的行徑戰天穹不以為意。既然隊列已散，他也落得輕鬆，便直接經過對方面前，在那人如狼似虎的注視下走向報名處。

「喂！你沒聽到老子說話嗎？！」

莽漢揮舞著手上的巨斧，怒吼的聲音如雷聲一樣轟然炸響。幾個跟在莽漢身後的小弟們也紛紛走出來，阻擋戰天穹以及其他要走向報名處的人。

莽漢看著戰天穹對他視若無睹的模樣，頓時火氣上湧，巨斧就直接劈了過去。

「給我滾！」

沉重的巨斧被莽漢的巨力揮下，帶來了破空的撕裂聲響。然而，這雷霆一擊的攻勢卻被戴著惡鬼面具的男人輕巧止住了。他手臂微抬，巨斧銳利的刀刃砍在他的手臂上，竟像是砍在堅硬無比的鋼鐵上頭，沒辦法在那看似脆弱的血肉之軀上留下痕跡，反而巨斧竟因此裂出蛛絲般的裂痕。

莽漢見鬼面男人輕而易舉擋下他狂暴的一擊，不免有些大驚失色，能夠不使用星力就能這麼輕易抵擋自己一擊還能毫髮無傷的，實力必定比自己還更加強悍。他雖然喜歡以強凌弱，可不代表他願意招惹比他強的強者。

「嘖，晦氣，哪來的怪物跟老子搶生意……呿！」咒罵了聲，莽漢摸摸鼻子收回了巨斧，只好讓對方通過。

戰天穹連瞧也沒瞧他一眼，便直接走到了報名處。

皇甫世家的招募人員也看見了先前的騷動，看著鬼面男人輕易接下莽漢的攻擊，還表現得遊刃有餘，便饒有興致的看了他一眼，朝他遞去一張表格。

「唔，單名『鬼』一字。匿名嗎？」看著對方填寫的資料，招募人員順口問道，卻沒有特別在

試。

意，反正「靈魂誓約」簽訂的是人的靈魂，名字並不重要。

收下報名表後，招募人員便讓戰天穹直接進入後方的拱門，由其他人員引領他前往進行實力測

很快的，測驗結束。戰天穹被帶往一間辦公室。

招募主管看著戰天穹的實力檢測表，對結果感到驚訝無比。

「恆星級？你從新界回來的！」他斬釘截鐵的下了結論。

在原界，能修煉到的最高等級就是行星級，要提升到恆星級，就必須前往新界。通常只要去了新界，除非有特殊理由，人們一般是不會再回來原界的。

面對招募主管探詢的目光，戰天穹平靜的說出想好的說詞：「惹了一點小麻煩，回原界躲個幾年，順便賺點外快。」

戰天穹所說的理由很合理，因此招募主管在聽聞後也面露瞭然之色。

接下來，招募主管開始跟戰天穹說明關於未來工作的相關事項……

「那麼鬼先生，我想你應徵前應該知道，身為貼身保護皇甫小姐的保鑣，必須簽訂『靈魂誓

約』。這個契約將以你的靈魂為誓，如果違反將會以生命為代價。你有把握不觸動契約，不對被保護人產生情感嗎？」招募主管嚴肅的詢問，很多人的答案都讓他很不滿意，這也是他一直無法敲定保鑣人選的原因。

戰天穹淡漠的回答：「對我來說，人類不過是活著的肉塊和死去的屍體兩種型式而已。」

「這是我聽過最直接簡潔的回答了。」面對戰天穹這有點殘忍的回答，招募主管乾咳了幾聲。他慎重的看了眼前戴著惡鬼面具的男子一眼。長年經手招募這個職務，他也看過不少人，自然多少分辨得出話語的真假。

最後他露出滿意的笑容，然後拿出一張如今已經非常稀有少見的羊皮紙契約，上頭繪著極其複雜繁瑣的符文。

戰天穹只是平靜、沉默的簽下契約。

羊皮紙在瞬間燃起奇異的火光，由符文凝聚而成的火焰在戰天穹的左手背上烙下一個暗色的印記。契約成立。

「歡迎你。」

招募主管見契約完成，也跟著鬆了口氣，這份招募工作終於結束了。

戰天穹則是靜靜的注視著手背上的刻印，深思著。

＊＊＊

另一方面，君兒現在正在衛秘書的帶領下完成了基礎的體能測驗，評量成績飛快的傳送至衛秘書手上的光腦系統裡。稍後，還要進行星力修煉的測試。這個測驗成績關係到大小姐的評級，越有修煉天賦的大小姐，身分地位就越高，能得到的福利也越好。

星力天分的測試其實很容易，就是將雙手放在一個採用符文核心製作的水晶柱上頭，它可以檢測出一個人與星力的親和度。這是現今評價個人潛力的常見方式。與星力的親和度越高，吸收星力提升實力的速度也越快，更關係到踏入高階的時間。

「全力感受水晶柱裡頭的能量。」測驗人員下達指示。

君兒聽從命令，摸上了那個冰涼的水晶柱，表情嚴肅慎重，像是在釋放星力，實際上卻是利用能力壓制。

衛秘書看著水晶柱，等待水晶柱發生變化。

可一段時間過去，水晶柱裡檢測星力的符文絲毫沒有任何變化，就好像未曾有人接觸一樣。正常的測驗，水晶柱裡的符文會因為測驗者的星力親合度而產生波動，波動越高就表示資質越優，波動越低就表示資質越差，那麼完全沒有波動，不就表示……

衛秘書看看少女已經盡了全力的模樣，便和測驗人員交換了眼神。

測驗人員無奈擺手，讓君兒停下觸摸水晶柱的動作。

「連普通人的水準都沒達到，這簡直……就是一個廢物。」看著那比正常人還更低的結果，測驗人員搖頭嘆息。

衛秘書冷笑了聲，開始接收測驗人員傳來的資料。

而君兒在聽到測驗人員的評語後，臉色一陣臊紅，不過更多的是開心，她想要製造的假象終於成功了。

這就是她要的，成為「廢物」。

此時，衛秘書手上的光腦傳來了訊息提示的聲響，皇甫君兒的個人資料加上了星力評測的數據，末了還標示著「整體評價：低」的訊息。

星力評測估了大小姐評價將近六成的重要指標，哪怕品性、智慧都符合標準，可若星力評測等級過低，便會大幅拉低大小姐的商品價值。

這樣的檢測結果讓衛秘書直接面露嫌惡。因為若她負責的商品評價不高，在商品售出時她的抽成也會相對減少，功利主義的她，自然不願在這小女孩身上多浪費氣力。

「君兒小姐，接下來我將替您安排之後的課程。」衛秘書看了一眼光腦的提示，「對了，稍晚一點我會帶您的保鑣來向您報到。」

君兒無助的眨眼，表現出茫然，然後輕輕「嗯」了一聲，徹底的用假象偽裝真實。

雖然她並不清楚，這麼做對她的未來有多大的幫助，但爺爺的人生提醒都是蘊藏大智慧的，所以她要藏拙。

以靈魂宣示，總有一天，她要靠自己的力量，走出這個華麗的牢籠！

Chapter 07

鬼面保鑣

女僕露露正在跟君兒打聽評等的相關消息。露露在得知她的最終評等之後並沒有因此改變態度，因為女僕的薪資是固定的，只是為君兒感到可惜，這樣君兒能得到的生活用品和福利就不像其他大小姐那樣高級了。

「所以在十三位大小姐裡頭，還有一個人跟我一樣是最低評等囉？」君兒趴在書桌上，狀似漫不經心的問著，卻是十分專注的翻閱著足有二十公分厚重的《符文技術入門概論》。這書籍光是目錄就有五十幾頁，君兒心想，符文果真是繁瑣精深啊。

女僕露露正在打掃房間，雖然房間並不怎麼髒，但是露露還是堅持女僕的本分，就算沒有灰塵，也要每天打掃，要讓房間的每一角都像全新的一樣！

而在聽到君兒的問句後，露露有些感嘆的說：「對呀，和君兒小姐同樣評等的還有一位紫羽小姐。紫羽小姐倒是可惜了，她的星力評測合格，但也只是中等水平，而一開始的品性和知識評鑑部分的分數又太低了。如果她能夠再努力一些，可能就不會是最低評等了。」

隨後露露神情變得嚴肅，她繼續說道：「相信不久後君兒小姐就能見到她了。可是君兒小姐，以後您要堅強喔！最低評等的商品不像其他大小姐一樣擁有很多權利，而且還有可能會被其他大小姐欺負。像紫羽小姐就常常被欺負呢。」

欺負？聽聞這個詞讓君兒輕挑柳眉，覺得有些可笑。

她認為這些嬌生慣養的大小姐，就算欺負人，手段也比不上貧民窟的孩子那樣殘忍。她可是很清楚人類崇拜強者、欺辱弱者的心態的，但既然她選擇要成為廢物，被欺負是必然的，這對她而言只是一個過程，她願意承受，而且這樣的痛苦能讓她不沉迷於這華麗的牢籠。為了不忘初衷，她願意對自己嚴苛一點。

君兒在看完《符文技術入門概論》的目錄後，正式翻開第一章開始閱讀。以前她因為家貧，根本沒機會接觸到這樣的高階知識，但只要給了她機會，她就會努力把握。

符文的入門十分困難，先不說要有極度誇張的精神力，首先對符文的敏銳度就要先有天分，否則可能學了一百年都摸不著頭緒。

從小時候開始她就莫名的喜歡符文，也曾經在垃圾場中撿了一些粗略的符文書籍來翻看，而她可以從極其複雜的符文序列中辨認出哪個是不同的符文，學習起來應該不是太過困難。

只要她能夠掌握符文技術十分之一，不，百分之一的技術，再加上自身的星力，她搞不好就能直接闖出皇甫世家了吧？不過，比較麻煩的是使用符文技術必須擁有「精神力」。而只有在新界，星力高階的人類才有可能覺醒精神力，在原界是不可能覺醒的。

想到這，君兒不免有些失落。

她翻閱著書籍的內容，忍不住想起爺爺。她的認字和知識全都是爺爺親自教導的。老邁的爺爺有著非常宏觀的知識與見識，她總覺得知識淵博的爺爺應該是一位身分高貴的大學者才對，不應該淪落於貧民窟。究竟是什麼原因讓爺爺離開了家族，遠走他鄉跟奶奶在這裡過著貧困又平凡的生活呢?或許爺爺的族人能給她答案吧。

想起爺爺，君兒不由得有些鼻酸。雖然她和爺爺沒有血緣關係，卻比血親家人更加親近，沒辦法送爺爺最後一程，成了她此生難以釋懷的遺憾。

露露注意到君兒泛紅的眼眶，知道她可能又想起家人了，這是每一位大小姐都會遇到的關卡。不管是被迫與家人分離，還是被家人賣回家族的，無論是哪一種情形，在陌生的環境裡，難免還是會想起熟悉的家人。

「君兒小姐的爺爺一定是個很好很好的人吧?」露露開口說道，試圖讓君兒不再沉浸在悲傷裡。

「嗯，爺爺是世界上對我最好的人了。他很會說故事，也懂很多事情。但是爺爺的身體狀況不好，他常說要趕快好起來，和我一起努力賺錢，然後送我去讀書的，可是這個夢想還沒實現，爺爺就先走了……我甚至還沒能夠見爺爺最後一面。」君兒的語氣帶上哽咽，想起過去那熟悉的家人，忍不住滑落淚花。

她背對著露露，沒有看見這個看似單純可愛的女僕，露出了一縷不符合她氣質與容貌的深思表情。

近期露露的主要任務是觀察這位新來的大小姐的性格，藉此列入另一種版本的評鑑紀錄，不過看來，君兒除了個性比較固執以外，並沒有什麼要特別值得注意。

頂多她還存有一些逃跑的念頭。當然，不少大小姐在一開始被抓來時偶爾也會有這樣的事情發生，這點露露倒是不擔心，過去的經驗告訴她，君兒遲早也會像其他大小姐一樣放棄這個念頭的。只是君兒這般固執，將來一定會吃很多苦頭，露露沒有多加提醒，畢竟她只是擔任一個記錄者的角色。然後她轉了個話題。

「對了，君兒小姐，等等您的保鑣就會來報到囉。不曉得保鑣會是什麼樣的人呢？可以的話，真希望是個幽默風趣的人，這樣日子就不會無聊了。」

君兒雖然放緩了抽泣聲，卻還是沒有什麼心情想要與露露討論關於保鑣的事情。

露露自顧自的開始談論起她當女僕接觸到的一些保鑣的趣聞，最後甚至談起了哪位大小姐的保鑣是個帥哥、哪位大小姐的保鑣愛跟她們女僕打情罵俏等等的八卦。

可君兒想到的卻是，希望新來的保鑣不要管她太多，最好讓她有自己的空間，這樣她才有時間修煉星力以及符文，為將來做準備。

＊＊＊

衛秘書接到保鑣已經選定的通知後，便前往招募人事的辦公室。

來到辦公室的她，靜靜的觀察那名靠在牆邊的鬼面保鑣，不著痕跡的暗中打量對方。

這位面戴猙獰惡鬼面具的男性保鑣，身上穿著著鐵灰色長袖襯衫、黑色長褲及戰靴，外頭披著一件質料差勁的斗篷，赤紅長髮凌亂的披在身後，模樣看起來有些落魄。但衛秘書卻感受到他身上所散發出的殺伐氣息。

她的目光落在男人猙獰的惡鬼面具上，面具上精細的描繪著惡鬼的容貌。雖然他並不是第一個戴著面具的保鑣，卻是少有讓人光是站在身邊就能感覺壓力的存在。這不免讓她對他面具底下的模樣感到好奇。

「這位就是今天報到的保鑣，鬼先生。」招募主管邊向衛秘書介紹道，邊將戰天穹的資料遞給衛秘書，順道打斷了她毫不掩飾打量鬼面保鑣的目光。

「衛小姐，請妳帶鬼先生去大小姐那裡之前，順道帶他熟悉一下環境，還有說明皇甫世家的規矩。」

「好的。」衛秘書終於收回了審視的目光。

「叩叩叩」的跟鞋聲迴盪。衛秘書領著保鑣前行，根本沒察覺對方正不動聲色的展開精神力場觀察皇甫世家的內部。

每走過一處，衛秘書就會用公事化的口吻介紹該處的用途及規矩，而戰天穹則憑著傲人的記憶力再配合強大的精神力場，將走過的路徑在腦海中留下一張完整的地圖，從哪裡有符文、隱藏的監視器，統統都記錄了下來。

「聽說鬼先生去過新界，不曉得能否跟我講述一下新界的特色呢？」衛秘書率先打破沉默，試圖藉此打破這個冰沉氣氛。

「……」戰天穹只是冷漠的看了她一眼，然後直接漠視了她的問題。

見話題沒得到共鳴，自討沒趣的衛秘書不再提問，繼續公式化的交代事項。

衛秘書冷淡的給予戰天穹一張卡片。

「這是你在家族裡通行的身分卡，可別弄丟了。這張卡片可以用來進出你所負責保護的大小姐的寢室。一個房間只會有三張，分別由秘書、女僕以及保鑣分別保管使用。晚間十點是大小姐就寢的時間，你必須在每晚九點前到總管室回報大小姐一整天的情況，如果有任何異常，請務必回報。」

最後在衛秘書的帶領下，他們終於抵達大小姐居住的寢室長廊。這長長的走廊上，左右以一定距離分布著閃動符文的金屬門，門口旁的磁卡鎖控制面板上除了房號以外，還有標示大小姐的名字。

戰天穹看著面板上顯示的少女名稱，眼神有了些許波動。

衛秘書領著他走進君兒的房間。

女僕露露看到衛秘書便馬上停下手邊打掃的動作，微笑的朝著衛秘書彎身行禮。「衛小姐好！」然後她好奇的打量跟在衛秘書身後的高大保鑣，目光馬上就被男人臉上的惡鬼面具吸引了，不過卻像是有些被嚇到似的抽了口氣，問道：「咦，莫非這位就是君兒小姐以後的保鑣嗎？」

君兒轉過了頭，眨了眨剛才哭泣過而痠澀的眼，視線落在衛秘書身後的男人臉上。她看著那猙獰的惡鬼面具有些出神。

「君兒小姐，這位是負責您安全的保鑣，鬼先生。往後他將會全天貼身保護您。」衛秘書冷漠的說著，同時不忘對君兒投以一抹警告的眼神。

君兒沒有理會衛秘書的警告眼神，她的視線依舊停留在男人的面具上。面具無法遮掩的赤色髮絲，以及藏在面具後頭，那雙此刻也靜靜的觀察她的猩紅眼眸，一時間，竟讓她有些恍惚。

君兒有種錯覺，以為自己又回到雨日那時，與那赤髮赤眼的男人對上眼的那一瞬間。

戰天穹看著那雙閃著星星光點的眼眸一會，然後就移開了目光。

而君兒後知後覺的注意到一件事——

赤髮赤眼……這不就是爺爺描述的，他的族人特有的特徵！

有可能嗎？爺爺的族人，為了幫助她而混入皇甫世家了？

想到這，她看著保鑣的眼神不經意的帶上一絲猶豫和審視探詢。

奈何，在接下來時間裡，這位保鑣先生再沒有朝她看來一眼，而是逕自抱胸靠牆沉思。

Chapter 08

被隱藏的鐵灰

君兒最後終於收回了視線，轉而看向露露。

對方雖然有可能是爺爺的族人派來潛入皇甫世家的幫手，但她畢竟是一個女孩子，還是不太習慣跟一位陌生男性同處一室。

「露露，這麼說來，保鑣先生之後就要負責全天候保護我？不能由妳全天照顧我嗎？」

露露微笑的走到君兒身旁安慰道：「君兒小姐，女僕是有工作時間的，而保鑣先生必須全天候守在您身邊。另外，保鑣先生還會兼任君兒小姐的修煉督導員，雖然君兒小姐的星力評等不高，但這也是課程的一部分呢。不過只要君兒小姐有什麼需要，還是可以呼喚露露在非工作時間來陪伴您的。」

君兒皺了皺小鼻子，對露露的回答並不是很滿意。

露露也像是明白了什麼似的，輕笑出聲，說道：「君兒小姐您放心，保鑣就只是保鑣，因為契約，所以他們不能做出任何傷害您的事情。平常除了外出學習以及用餐時間保鑣都會保護您以外，在您私人的時間保鑣會自動迴避的。雖然明白您會覺得彆扭，不過這就是往後您必須習慣的地方囉。」

說到最後，露露笑容可掬的暗中向衛秘書使了個眼色。兩位女性在目光中似乎得到了共識，不約而同神情放得更加輕鬆。

有了保鑣，她們監視大小姐的工作就能輕鬆一點了。

君兒又看了鬼面保鑣一眼。她想向他詢問爺爺的事，卻又擔心這人可能是皇甫世家安插在她身邊的棋子。

看樣子，她只能等保鑣先生主動表明身分了。但，會有那個機會嗎？這裡有那麼多監視儀器，搞不好還有監聽系統呢。

想到這，君兒忍不住顯得有些憂心忡忡。只是這模樣看在別人眼裡，卻以為她在擔心要跟保鑣相處的事情。

化名「鬼」一字的戰天穹保持沉默，透過眼角餘光打量著君兒。

梳洗過的君兒，模樣清秀，但巴掌大的小臉略顯削瘦，一副長期營養不良的模樣。一頭整理好的黑色短髮讓她看起來像個男孩。但那張蒼白小臉上，如極品黑水晶般耀眼的純黑色眼瞳格外使人注意。

看著這張陌生的容貌，莫名的，戰天穹心底有種熟悉感，彷彿自己曾在哪處看過。

衛秘書從隨身公事包中拿出一片精緻的手掌大小的晶片遞給君兒，交代道：「君兒小姐，您的課程資料我都收錄在光腦裡了，這張晶片卡便是專屬於您的小型光腦系統，您可以任意調閱資料及查閱您的評鑑、大小姐權限和福利內容。若有特別需要調整，我會再更新課程內容。今天請您早些就寢，明天六時露露就會前來晨喚，之後便會開始正式的課程。」

君兒淡漠的「哦」了一聲，然後低下頭開始研究這高科技的產品了。

「鬼先生，從明天開始你必須每日回保鑣總管室報到，請牢記時間。」

衛秘書剛結束了交代，就見鬼面保鑣逕自走向房間一角的小門，用身分卡刷開了那間屬於保鑣的房間大門，沒和任何人打招呼。

鬼面保鑣的行為讓衛秘書和露露顯得有些尷尬和不知如何是好。最後兩人一同離開，寬敞的房間只剩下君兒一人。

她沉默的注視鬼面保鑣的房間，但是在局勢未明之前，她不敢貿然行動。

戰天穹一身輕裝，很是隨意的瀏覽一下自己的居所，空間雖然不比大小姐的主房間，但是也算寬敞了。

接著，他使用精神力場掃描房內，找出了隱藏著監視器的角落。

這裡所有人的一舉一動都被監控著，他可以接近她，卻不能多說什麼，除非動用領域的力量。但尚且不曉得這丫頭是留是走的意向，貿然動用領域力量也許會弄巧成拙。

想了想，戰天穹決定先觀察她一陣子再做決定。

同時，也要想辦法釐清自己因為她的出現，而浮現的這莫名情緒是怎麼一回事。

＊　＊　＊

晚間。

君兒大略瀏覽了未來的課程安排。看著那滿滿的課程，她心裡既是期盼卻也有些茫然。哪怕明白多學習是好事，心裡還是深感疲倦。

她其實真的很想乾脆就這樣沉淪，好好的為失去爺爺以及自己的遭遇痛哭或消沉一段時間，但心裡又有個聲音告訴她：一定要前進，絕對不能停下腳步！

因此她只能強打起精神，還必須時刻小心不讓他人發現自己的隱藏。

她要扮演的，是一個固執卻又沒有特殊長才的角色。或許未來她可能會像那位「紫羽」一樣常常被欺負，或許她可能以後會受盡嘲弄和戲謔，但她還是得這麼做。

又看了幾門課程的介紹，君兒才揉了揉疲倦的眼睛，然後回到床上盤坐，準備修煉。

當君兒在修煉時，卻不知那位鬼面保鑣正透過無形的精神力場觀察她的一舉一動。他能夠感應到大氣中無形的星力流進那小小瘦弱的身體裡頭，卻彷彿進入了一個無底的大坑裡，沒有像初學者吸收能量時會有些微流失星力。

這情形有兩種可能：

一、如同測驗的結果，她是個完全沒有修煉天賦的廢物，必須花上更多的時間鍛鍊。

二、這女孩擁有極端罕見的天賦能力，能夠將吸收入體的星力完全內斂。

憑著高人一等的實力等級，戰天穹仔細觀察著細節。最後他終於確定，君兒顯然是屬於後者。她可能擁有壓縮星力的特殊能力，這種控制類的能力只要當事人有心刻意隱瞞，是很難被人察覺的。

不難想像為何皇甫世家會將她評為最低等級，想來是這丫頭刻意為之。

不過，這也表示她應該對自己的現狀有所計畫吧。

真是個聰明的孩子，跟她爺爺一樣。

戰天穹根據片段情況就推論出接近完整的事實，對君兒不打算放棄的勇氣表示欣賞，卻也用另一種冷酷的視角觀察她，就看她這樣的堅持能夠支撐多久。很多人往往只能堅持一陣子，內心的意志會因為種種因素而被動搖，最後完全崩潰沉淪。

希望她能一直堅強下去。

隨意落坐床榻，戰天穹抬手拿下自己臉上的惡鬼面具。許久沒戴面具了，現在竟有些不太習慣，他輕觸著自己的臉龐，試著讓臉部稍微舒服一點。

只是待他拿下面具後，他左邊的臉龐變成了鐵灰色。它呈現著不規則狀橫跨鼻梁，扭曲了面容，且張牙舞爪的至頸部，沒入衣領。直到他注意到自己觸碰臉龐的左手竟也顯現鐵灰的時候，他才頓時一愣，原本平靜的容貌顯露驚訝與痛惡。

深吸口氣，他在耳上的符文耳扣灌注精神力。當符文的力量與他的精神力交織後，他臉上的鐵灰變回了正常的膚色。

那鐵灰，是他永遠的罪。

他突然很是後悔，自己沒有多做考慮，竟順著那未明的好奇心潛入皇甫世家，藉此靠近那ㄚ頭。卻忘了，那擁有星星之眼的女孩是解開他身上詛咒的關鍵。要是將來謎團解開了，他是否還有勇氣利用對方解開自己的詛咒？

他嘆息著，赤瞳流露的情緒逐漸冰封。

Chapter 09

下馬威

君兒早早起床，坐在書桌前翻閱著她最感興趣的符文書籍。

不知從何時開始，學習符文這類精深的知識成了大世家炫燿智慧的一種形式，哪怕只懂得淺薄皮毛的符文概念，都能夠炫耀一番，僅因這個技巧光是連基礎都萬分複雜。對符文知識的掌握也成了衡量一個人知識涵養的方式。

看著書籍上那繁瑣的符文介紹，未曾接觸過這部分的君兒，卻覺得有點似曾相識。

她想，自己若能擁有精神力，必定能發揮出符文的強大力量——難道她是學習符文的天才？應該不可能吧？

君兒在心裡苦笑，搖頭甩開這樣太過夢幻的想法。

她知道與其期待自己是個天才，還不如好好努力比較實際。人們都會期許能夠很快的掌握知識與力量，但，重要的是過程。在學習的過程中難免會遭遇很多磨難與挫折，很多人都因為這個過程而挫敗甚至是放棄。

君兒記得以前爺爺說過的一句話：「其實挫折並不是我們以為的災難，相反的，那是一個禮物，天大的禮物。那是只有經歷挫折、走過挫折的人才會明白的大禮。」

自己雖然很急著得到力量，但還是得循序漸進，一點一滴的去鑽研、去突破、去掌握。

就在君兒回想著爺爺過去的告誡時，房間深處的那扇門打開了。

鬼面保鑣穿著制式的保鑣制服。筆挺的裝束襯托出他鍛鍊過的結實身形。

他沉默的朝君兒走去。君兒直直望著他，像是想從他身上得到一些訊息或看出什麼。然而鬼面保鑣卻在靠近她時停了下來，雙手環胸倚靠在牆面……然後依舊沉默。

女僕露露在晨喚時間準時出現，她有些意外君兒竟然還不到晨喚時間就早起了，連帶保鑣先生也早早守在她身邊，只是這兩人間的氣氛，怎麼有些僵硬呀？

不過露露只以為是君兒和那位酷酷不愛說話的保鑣先生還不熟悉的原因，沒有多想。

「君兒小姐早安！」

露露開朗的打著招呼，推著裝滿用品和服裝的小推車進入房間，便要幫君兒打理裝扮。

而君兒看見露露帶來的女式服裝，頓時大翻白眼，埋怨道：「就不能穿褲子嗎？我不習慣穿裙子。」

「不行唷！君兒小姐要以成為一名優雅的淑女為目標。褲子不夠優雅啦。」

最後君兒還是只能任由露露擺布，被她強硬的拖進浴室更衣梳理。

鬼面保鑣就像個石雕似的，不曾從他的位置上離開或是多看兩位少女一眼。

在幫君兒打理儀容的時候，露露看著鏡裡的少女輕笑道：「君兒小姐，等等您就可以在保鑣先生的陪伴下去餐廳用餐了。相信其他的大小姐也很期待要跟君兒小姐見面呢。」

她的語氣輕快，但君兒卻從這段話裡頭聽出了更多的訊息。

有很多人期待跟她見面？君兒在心中冷笑。早就聽聞大世家內部競爭激烈，加上露露先前的提醒，她可不期望那些大小姐會是什麼友好善良的人。

她過去在貧民窟長大，也明白人性的複雜。

更別提在那個窮困的環境，女孩子為了求一個好出路、好生活，彼此間的明爭暗鬥可說是層出不窮。

雖然現在對象換成上流社會的大小姐，但也只是衣裝變得華麗而已。

或許她現在還很弱小，沒有地位，但她有一顆永遠不放棄希望的心，哪怕前方是布滿荊棘的道路，為了實現她自主人生的最終願望，她也會勇敢的走下去！

雖然她也會害怕，但她願意勇敢。

爺爺曾說：「勇敢不是無懼，而是勇於面對恐懼！」

這句話她會牢牢記著。

君兒看著鏡中的自己，眼神清澈堅定。她對自己微笑，然後抬手拍了拍雙頰藉此替自己打氣。加油，淚君兒！可能往後會遭遇到更多的困難和痛苦，但以前不也都這樣過來了嗎？為了離開這裡，所以要更堅強。繼續前進吧！

就讓她見識見識，最低評等的商品是怎樣被對待的。她不怕被欺負或是遭遇挫折，就怕自己會因這個富裕的生活而迷失了自己！

君兒站起身，整了整衣服，嘴角彎著一抹笑弧，臉上表情堅強沉穩，黑瞳燦亮。就算自己要當個廢物，那也要當個驕傲的「廢物」！

「走吧。」她昂首闊步的離開浴室。

戰天穹安靜的跟上君兒和露露離開房門的腳步。

他看著少女這種勇往直前的氣勢，有種超越年齡的堅韌。如果不是過去生活遭遇很多挫折和磨難還能永不放棄，是不會有這樣堅強的意志的。

他輕挑劍眉，看著前行走去的少女，眼裡露出一絲讚賞。

＊＊＊

三人穿過大小姐房間前的走廊，幾名聚集著也要前往餐廳用餐的少女們，紛紛朝未曾露面的君兒投來注目禮。少女們各個身著華美衣衫，身旁也同樣跟著女僕與保鑣。

這些衣著華麗的大小姐們，在看見君兒後，發出了此起彼落的嘲笑聲。

「又是外邊撿來的垃圾嗎？嘻嘻，聽說還是個最低評等的廢物呢。」

「唉唷，露露辛苦妳了呢，照顧這樣一位鄉巴佬，妳應該很苦惱吧？」

聽著那不斷傳來的諷刺話語，君兒嘴角彎弧不變，卻多了一絲倨傲。然後，她像是想到了什麼似的，轉頭看向鬼面保鑣，問道：「吶，鬼先生，如果我攻擊其他大小姐會怎樣嗎？」

她的問話讓露露大驚失色，「君兒小姐，大小姐是不能在修煉課程以外的時間攻擊別人的！」

君兒沒有理會露露的回答，她就只是安靜的看著鬼面保鑣，似乎在等待他的回應。

戰天穹看了她一眼，平靜的回應：「保鑣們會阻止妳，然後把妳送去處罰室。」

君兒眼神滴溜溜的轉著，像是在思量著什麼。接著她又問道：「那，除了肢體接觸以外的攻擊，罵人和惡作劇並不在保鑣的保護範圍內吧？」

「只要不受傷，保鑣們不會插手。」戰天穹饒有興致的看著她，概略猜想到她的打算。言下之意，就是身體的安全是屬於保鑣的保護範圍，至於精神上的羞辱並不包含在內。

君兒輕笑出聲，露出了無比詭異的笑容。

似乎是有人通風報信，當君兒三人抵達餐廳時，一群少女遽然回首望向她，原本吵鬧的談論停了下來。而遠方陰暗處坐著兩名少女，此時也對陌生的君兒投以關注。

君兒一臉平靜的看著餐廳中心的那張橢圓長桌。

長桌在禮節中屬於主位的位置上，正坐著一位風華絕代的年輕女性。

那是一位擁有一頭粉紅色髮絲的女性，紫色的秋水眼眸，容貌美麗卻又頗有英氣。

此時那位女性正直直的朝她看來，臉上神情是無比的傲慢，眼神滿是挑釁與玩味。

君兒簡短的為這位耀眼的女性下了評價：傾國傾城，英姿颯爽。

如此極端的氣質完美的融合在一位女性身上，竟然是無比和諧。

「君兒小姐……那位是最高評等，也是目前大小姐中等級最高、實力最強也是資歷最長的『女王大人』緋凰小姐。附帶一提，也是大小姐間最受崇拜的人。」露露見君兒毫不害怕的與之對望，忍不住悄聲提醒。

那人投來的審視目光，氣勢鋒利如劍。

君兒僅是輕輕一笑，傲然的微揚下巴。

她發現，對方穿著一身英挺的軍式長大衣，長褲軍靴。這完全打破先前露露說大小姐不能穿褲裝的話語，她有些埋怨的看了露露一眼。但她心裡卻明白，這怕是這位女王獨有的資格了。

既然能成為現存大小姐中地位最高的女王，除了天資過人以外，個性應該也是一等一的強悍。

君兒欣賞完這位女王大人的絕色風采後，就別開了視線。

對於對方的驚豔只是一閃而逝的事情。沒有景仰崇拜、沒有討好卑微、沒有恐懼膽怯，旁人應有的情緒在君兒一雙燦亮黑瞳裡是看不到的。她青澀臉蛋上那一抹始終沒有落下的淡笑依舊，舉手投足間，無與倫比的自信傲然。

而對於君兒的這番舉動，那些與女王同桌的少女們，眼裡不約而同的紛紛露出惱火的凶光。

對一群沒了人生目標的女孩而言，女王是她們僅存且唯一能夠仰望、崇拜的對象，那就像是一種偶像崇拜，她們並不希望有人在女王的心中是「特別」的。

君兒的目光轉向憤怒的少女們。她的眼神帶著審視、帶著傲慢、帶著嘲笑，然後隨意找了個位置坐了下來。

君兒那目中無人的態度，更加劇了少女們心中的熊熊怒火！

「女王大人，這個廢物太過分了，她竟然敢無視妳！」

「我們去給她點教訓，讓她知道新人就要有新人的樣子，讓她知道我們的規矩！」

「女王大人讓我去吧？」

「不，是我去！」

大小姐們開始爭吵起來，就為了想要給君兒一個下馬威——

而那位女王大人，則是平靜的單手托著頰畔，紫眸追逐著君兒落坐的身影，眼神閃過興致。方才與她四目相對中，她在那被評為廢物的少女眼裡，只看見對方對她的欣賞，沒有訝異畏懼。

一個人的眼神可以看出一個人的性格。

或許，這就跟蘭說的一樣，是個「機會」也不一定。

皇甫緋凰眼眸閃動著詭光，朝一位大小姐開口：「碧珊，妳去告訴那個廢物我們的規矩。」

「女王大人，我一定會讓她知道厲害的！」被點名的少女很是激動的開口，神情滿是躍躍欲試。她很快的離開座位，揚首闊步朝君兒走去。

見此，君兒也明白那位「女王大人」是派人來給她下馬威了。她一臉挑釁的回望那位美麗女王，眼神絲毫不懼。

朝君兒走來的是一位有著褐色長髮、身著亮橘色短版洋裝的少女。

君兒對這位一大清早，就把自己打扮得花枝招展的大小姐感到有些好笑。不過想了想，或許這是她們用來掩飾自己內心空虛的方式吧……用更多的物質，滿足自己無法選擇未來的內心空洞。

看著那位大小姐走來，露露顯得很是緊張恐懼。她雙手緊揪著裙襬，垂首不敢看向那位褐髮少女，低聲向君兒開口：「君兒小姐，我去幫您準備餐點。」同時目光頻頻望向餐廳的料理室，像是想馬上逃開一樣。

君兒沒有忽略露露的緊張，拍拍她顫抖的手背，點頭示意讓露露去忙。

在得到君兒的同意後，露露動作飛快的跑向料理室，那模樣像是身後有什麼妖魔鬼怪在追她一樣。

君兒坐在座位上，雙手環胸，饒有興致的看著那位大小姐用著優雅高傲的步伐走了過來，她身旁也跟著一位穿著制式服裝的保鑣。如果不是她臉上那抹自大讓人看了就討厭，確實是位姿態完美的高貴淑女。

看著她優雅的姿態，讓君兒對禮儀課起了興致。

「廢物，妳剛剛才來還不懂規矩，沒關係，我們原諒妳。現在告訴妳新人要遵守的規矩，如果不遵守的話，自會有辦法整治妳。我想妳也不希望每天都過著提心吊膽的日子吧？」名喚碧珊的少女張口就是威脅。

君兒換了個姿勢，身子前傾，一手托著下顎撐在餐桌上，一手則是擺在餐桌上，指尖敲擊著桌面，面色如常。

當碧珊說完話後，君兒側頭看了不遠處那正在觀察自己反應的女王大人，隨後輕笑出聲。「哦？是什麼規矩那麼麻煩？」末了，她還露出不以為然的表情，態度竟然比剛剛更加狂妄。

「哼，以前也有人和妳一樣不想遵守『規矩』，不過現在可是怕得像小雞一樣，成為女王大人的奴隸了呢！那時她的氣燄可是比妳還要猖狂呢。本來妳還有機會成為我們其中的一員，不過現在，妳這個只有廢物評級的垃圾沒那個資格成為我們的同伴，妳只配當女王大人的奴隸。」碧珊冷眼看著坐得極遠處的兩人，和其他的大小姐一同發出尖銳的嘲弄笑聲。

可君兒沒有因為她說的話而臉色有所變化，這讓碧珊原本尖銳的笑聲停了下來，神情惱怒的看著她。

「所以呢？規矩到底是什麼？」君兒有些不耐煩的又問了一次。

「哼，規矩嘛，就是現在要舔過所有前輩的鞋子，然後跪在女王大人的面前宣示自己是個廢物，願意成為她的奴隸。不然，嗯哼哼，就等著受到處罰吧！」

碧珊又笑了兩聲：「懲罰可是很嚴重的哦，妳想要用餐用到一半發現餐點裡有蜘蛛嗎？妳上課的時候發現腳邊爬來老鼠嗎？三不五時收到裝滿蟑螂的禮物盒？──怎麼樣？」

「就這樣？」君兒撇了撇嘴。她還以為是什麼可怕到不行的酷刑，沒想到只是這種鄰家小孩等級的惡作劇。

「妳……哼！」碧珊氣得跺跺小腳，卻是不知道該說什麼才好了。

對方的氣勢輸給自己，君兒見機不可失，馬上展開反擊，聲音雖然不大，卻是字字刺人。

「淑女禮儀第一課：『何謂禮儀篇』。所謂淑女禮儀，便是溫柔的笑容、友善的眼神、傾聽的耳朵以及適當的應對，再搭配合適的穿著打扮，此乃淑女也。請問這位小姐，妳這樣自大的笑容、藐視的眼神、極度失禮的應對……我想，皇甫世家的大小姐教育在妳身上體現了兩個字，那就是『失敗』。」

君兒微笑著，她昨天先預習了淑女禮儀基礎篇章，沒想到今天就用上了！如果這些大小姐都只有這樣的水平，那何足為懼？

碧珊刷白了一張臉，腳步蹬蹬的退了兩步，最後冷哼了聲，飛快回到那群也陷入驚訝中的大小姐群中，連優雅的步伐都忘了。

這第一戰，原本應該是那群大小姐們給予君兒一記強悍的下馬威，結果卻是顛倒了立場。

君兒的目光與那位女王大人又再次對上。然後女王先是優雅的輕點頭，面露微笑，對君兒最後投以一抹高深莫測眼神，便別過頭去，開始安撫那些躁動的大小姐們。

君兒看不出她眼中的含意，卻明白彼此之間已無轉圜的餘地。

「妳很聰明，但事情可不會就這樣結束了。」很意外的，那從出現至今沒說過一句話的鬼面保鑣竟然開口了。

那沉穩的嗓音低語著警告，讓君兒斂起笑容——她差點忘了，用餐還沒結束呢！

一天的開始就這麼緊張刺激，不難想像之後她會跟這些大小姐發生多少磨擦。不過她既然已經做出決定，那就會堅定的走下去。

見君兒飛快的收回因為短暫勝利而露出的些微自傲，戰天穹心裡閃過讚嘆，惡鬼面具底下冷漠的臉龐彎起玩味笑意，饒有興致的觀察接下來她會如何應付其他狀況。

Chapter 10

比這些還更糟糕的事

坐在遠處的湛藍長髮少女，靜靜的觀察那短暫的交鋒。她有些意外，竟然有人敢挑釁緋凰還絲毫不落下風。

「紫羽，妳怎麼看？」她輕聲問著另一位用餐的紫髮少女，卻沒有等到她回答便自言自語的接下了去：「這個人有可能成為新的『機會』嗎？」

被稱作「紫羽」的少女輕輕抬起頭。她的容貌清秀，眼神如同孩子般的天真澄澈，不過卻有些怕生膽怯。她小心翼翼的往君兒的方向看了過去，微偏腦袋，像是在思索什麼似的。

「我不知道……」紫羽回答道，聲音柔細。「但是她好勇敢喔……」

她看著君兒大膽的跟碧珊叫陣，還把碧珊罵得臉色青白交錯，最後狼狽逃走。她就覺得，或許這個人跟以前那些總愛欺負她的人不太一樣。

「勇敢？」蘭冷哼了聲：「勇敢可不能當飯吃。碧珊可是很會記仇的，以後這新來的恐怕沒有好日子過了。」

紫羽張口欲言，卻不知該如何表示自己的想法，只好安靜的繼續用餐。

「就看她最後撐不撐得過去囉。撐得過去就海闊天空，撐不過去會變得跟那些女人一樣……不，可能更慘吧。最低評等的廢物……哼。」蘭似乎並不看好君兒。她看過太多禁不起折磨，最後哭著放棄尊嚴，選擇背棄自己的人，自然沒想過君兒可能是少數能堅持下去的人。

紫羽怯生生的回應：「蘭，可是我也是最低評等……」

蘭為之一愣，忘了自己也將紫羽一塊罵成廢物了，馬上尷尬的道歉：「抱歉抱歉，一時忘了妳也是最低評等了。最近被那群討厭鬼氣得很火大，忍不住想要發洩一下情緒……」

然後她看向君兒，語氣感嘆：「當然，人數多是件好事，不過還是希望能招攬到有點本事的同伴呀。」

兩人的對話並沒有被任何人聽見。她們只是身處局外的觀戰者。

就在大小姐們還在爭論要怎樣處罰君兒的時候，君兒卻肚子餓了，就是不知露露怎麼那麼慢還沒回來。

「妳就不怕以後日子不好過？」難得的，鬼面保鑣開口說出今天的第二句話。

君兒淡淡的看了他一眼，思考了一會說出了自己的回答：「不這樣，我怎麼堅持本心？」這句話聲音極低，像是深怕被別人聽去一樣。

她清澈的眼裡有著試探，戰天穹馬上就明白了。她在賭博，賭他可能是來幫助她的人嗎？不得不說她還是有點小聰明的。

「堅持？那就讓我看看妳能堅持到哪種程度吧。」戰天穹只是留下一句含糊的回答。

雖然他沒有正面表態自己的身分，但這句話卻也暗示了他正在觀望著她。有時候話不用說白，聰明人都聽得懂的。

君兒揚起笑顏。「走著瞧吧。」語氣堅定，如同戰帖。

君兒那雙黑瞳裡深藏的桀驁傲性，讓戰天穹啞然失笑。

狂妄的小女孩兒。不過能意外的引起他的好奇倒也不簡單了，或許這段時間不會無聊了。

露露推著餐車從餐廳一側走了出來。那群大小姐們也因為露露的歸來而停下了對話。

君兒微瞇起眼，看著露露此刻的模樣。一個紅豔的巴掌印就這樣出現在露露臉上，她眼裡蓄著淚花，止不住哽咽的推著餐車走了過來。

「哼，真正的地獄來囉！」有位大小姐嘲諷的高喊，其餘少女們冷笑著。

「君兒小姐對不起……」露露一臉愧疚的來到君兒身旁，眼淚就這樣嘩啦落下。她邊道著歉，邊將茶飲以及蛋糕端上君兒眼前。

君兒在看見那盛在白瓷茶具中的茶飲，神情仍舊古井無波，但餐桌底下的雙手卻緊握顫抖著，瘦弱的手背上，因為猛力緊握而浮現青色血管。

「今天的餐點飲品是奶蟲香茶。」露露用哽咽的聲音介紹道：「肥、肥美的奶蟲是以牛奶養殖的蟲類，肉質滑嫩、鮮美，在製作茶飲前會先將之浸泡在高級的奶水中，是營養又美味的茶點……另……請君兒小姐一定要將這杯茶全部喝完，如、如果不願意喝下，君兒小姐就要向大小姐們道歉，請求原諒……」

君兒靜靜的看了露露一眼。她臉龐上的巴掌印之紅，顯然被打得極重。雖然她不清楚這究竟是不是作戲，但她確實在看到露露的模樣後被激怒了。

她看著那淡褐色茶飲中載浮載沉的肥蟲，只覺得心口淤積的怒氣就要爆炸。

而就在此時，那屬於女王的傲慢聲音響起：「祝用餐愉快。那是廚師特別料理的餐點喔，可別浪費了。」

這十足十的諷刺聽得君兒無比刺耳，但她沒有看向女王，而是死死瞪著桌上的茶飲。比起要向那些人討求原諒，她寧願喝下這噁心的肥蟲！

深吸了口氣，她持起那杯漂浮著無數白色奶蟲的茶飲，在少女們恥笑和玩味的注視下，仰頭飲下！動作自然流暢，毫無猶豫！

這情形登時讓原本等著她面露驚恐、跪下求饒的大小姐們倒抽了口氣，瞪大無數雙眼眸，錯愕到不行。而女王的神情則帶上了一抹深思。

君兒閉上眼，壓下心底的怒火憤恨，還有幾欲作嘔的感覺，她開始吃起那由蟲子、幼鼠與爬蟲生物製作出來的餐點。

一時間，寬敞的餐廳只剩下她的咀嚼聲。

大小姐們臉色白得嚇人，不敢相信她竟然真的敢吃下那噁心的料理。

而遠方的兩位少女一位刷白了一張小臉，另一位則是面露驚訝。

蘭停止進食的動作，因為光是想到那噁心的餐點她就倒盡胃口。但她卻開口說出自己的判斷。

「紫羽，我賭她可以吃完一半。」

她當初也只吃完了一半。

紫羽早就別過頭去，不敢再看。

另一邊，君兒則是陷入自己的思緒裡頭。

她想，既然這些大小姐敢這樣對付她，就表示這些餐點吃了並不會對身體造成傷害……雖然很討厭也很噁心，但總好過失去尊嚴。所以乾脆就吃吧，再噁心都要吃下去！

再睜眼時，她已經沒了恐懼和慌張。

君兒將飲空的瓷杯和吃完的盤子推開，身子靠往椅背，雙手十指交錯，臉上的表情更加挑釁。

小時候更痛苦的日子都走過來了，現在面對的只不過是一點嚇人的小東西而已，對她而言算不了什麼！

比起這些，不能掌控自己的人生還要更糟。

接下來的餐點一道比一道還噁心、可怕，但君兒都吃得一乾二淨。

露露已經泣不成聲了。她真的被嚇到了，不為什麼，只為了君兒的堅強和固執。

戰天穹沉靜的關注君兒。看著她隱忍著情緒，看著她那握著刀叉的手背上浮現的青色血管，他明白，往後沒有任何事情會使這丫頭感到害怕了。這看似噁心的料理，又何嘗不是一種鍛鍊意志的試煉呢？

他對君兒的評價又稍微提高了些，而且讓他越來越期待她未來可能的成長了。

「露露，請幫我跟製作這些料理的大廚說聲：『謝謝，餐點很美味。』」君兒吃下最後一口餐點後，無比認真的對著正抽搐著哭泣的露露如此說著。

「啊？是……」露露露出震驚的神情，然後看著那些已經被吃得乾淨的餐盤，「君兒小姐……您不會覺得很噁心嗎？」

君兒拿著餐巾隨意抹去唇緣上的油漬，平靜的回答：「我只知道這些都是廚師很用心做出來的料理。既然是用盡心思做出來的料理，我沒理由不吃完的。」

這話，她說得很平靜。以前最貧困的時候，甚至還得面臨斷炊的困境……有得吃，就是一件幸福的事情了，沒什麼好挑剔的。

露露哭出聲了。雖然她是被派來監視大小姐的女僕，但心裡不由得佩服起君兒。

接著，君兒冷漠淡定的看向那些臉色死白的大小姐們，輕哼了聲。

不過這一次，再也沒有人前來羞辱她了。高傲的大小姐們大部分早已作鳥獸散，只剩下幾位還死守在女王身邊。

女王最後用完餐點後，在行經君兒餐桌前時，留下了一句話：「再怎樣堅強，廢物終究是個廢物。」

君兒明白，這一次算是她勉強過關了，只是一想到之後可能又會有更多不一樣的手法來考驗她，難免還是感覺疲倦。

而此時，原先坐在偏僻角落的兩位少女竟意外的朝君兒走了過來。

領頭的藍髮少女模樣標緻秀麗，藍眸好奇的打量君兒，開口卻是有些撒潑的警告：「喂！我勸妳還是趁早認輸的好，不然『女王大人』可不會那麼容易就放過妳的！」

警告才剛說完，她就拉過身後的紫髮少女，開始自我介紹道：「我是蘭，蘭花的蘭；她是紫羽，跟妳一樣是最低評等的。我們對妳沒惡意，只是希望妳能早點放棄。這樣我們可以互相幫助，就不會常常被欺負了。」她認真的勸告著。

君兒冷淡的睨了蘭一眼，又轉眼看向紫羽。而紫羽卻怯生生的躲到蘭身後去了。這讓君兒明白，為什麼紫羽總是會被欺負的原因，因為個性太過懦弱，所以讓別人欺負到她頭上來了。

「不用妳們假好心。」不過對於蘭的建議，君兒冷漠的拒絕了。

蘭有些不可置信的呆滯了會，隨後才明白君兒是在罵人，她忍不住怒氣沖沖的質問道：「妳這個人怎麼這樣？我們好心來勸告妳，妳竟然罵我們假好心！」

君兒看著她們，嚴肅的說道：「我永遠不會放棄自己的尊嚴，哪怕我是廢物也一樣。」

她站起身來，理了理身上的衣物，不再理會那被自己氣得七竅生煙的蘭，逕自離開。

「太過分了！紫羽，她竟然說我們假好心欸，真是太過分了！」蘭憤恨不平的罵著。

紫羽則是低垂著頭，一雙原本黯淡的漂亮大眼睛因為君兒的那句話，再度有了光彩。

✳ ✳ ✳

走在走廊上，君兒忍不住有些精神恍惚。原本她也想扮弱者，做一個徹頭徹尾的懦弱廢物，但是當事情真正發生的時候，她又不甘心了，牛脾氣冒了出來，把事情搞得亂七八糟。現在想起來，難免會為自己的高調而擔憂。

這樣會不會引來更多注意？尤其是來自皇甫世家上層的關注。

鬼面保鑣看了她有些惶惶不安的小臉，突兀的小聲冒出一句：「牙尖嘴利。」

露露因為精神不濟又走在兩人前方，沒有注意到鬼面保鑣開口說話。

君兒從這聽似責難的話語中聽出了什麼，頓時恍然大悟。

她因為星力評測被評為低級，那旁人也只會料想她是一隻會吠卻不會咬人的狗兒。換個方向思考，適當的轉移注意力，也是一種模糊對方關注的手段。

看著君兒面露了然，戰天穹心中很是滿意。

「前面那個黑頭髮的！」

尖聲尖氣的嗓音在後頭叫喚，君兒不用想就知道是那一群大小姐裡的其中一人。

她半旋過身，只是盯著對方，卻是沒有回應。

看著她這令人發毛的表情，又想起她一口口吃下那些恐怖料理的模樣，對方忍不住臉色蒼白的後退一步，但隨後挺起胸脯，一臉傲慢的說：「這次是因為女王大人心情好，放妳一馬，再有下次妳就死定了！」

君兒聳肩，「女王大人說到底還不是會被賣掉的『高級商品』嗎？我覺得她跟妳們一樣，只是欺負別人藉此滿足自己內心空虛的無聊傢伙而已。」

「妳總有一天也會像蘭她們一樣後悔的！」因為君兒的回答讓對方怒紅了臉，氣憤的大喊了聲便轉身離開。

君兒聳聳肩頭，無奈的看向露露。

露露扯了扯嘴角，一臉疲憊的說道：「君兒小姐，妳歇息一會，稍後就要開始今天的課程了。」

「那、等下又會遇到那群女生?」君兒皺了皺小鼻子。

露露沒有回應,只是復又低垂著頭繼續引路。

君兒眼波流轉,看向鬼面保鑣,默默打量這位寡言卻又神秘的男子。

她很好奇,究竟是什麼樣的過往,造就了現在這個冷漠的鬼先生?

而他與那日在雨中巧遇的同樣赤髮赤眼的男人,到底又有什麼關聯?

那雙赤紅色的眼眸,她始終記著。帶著冷冽的冰寒與絕望的空洞,就跟現在的鬼先生一模一樣。

Chapter 11

細節中的蛛絲馬跡

接下來，是君兒的第一堂課程，禮儀課。

不管是翻書的姿勢、臉部表情以及行走的姿態，君兒從頭到腳都被嚴肅的禮儀老師挑剔到不行。禮儀老師的言語雖然不帶髒字，卻比她諷刺碧珊的話語還惡毒幾百倍，句句帶刺、字字如刀，講得君兒臉兒又青又白的，還必須要維持「溫柔的笑容」。

而身為新人，君兒更是成了所有老師們關注的對象，不管是文史、音樂、商業……等課程，老師們對她都非常嚴苛，但凡她答不上問題或做錯解答，老師手上那特製的烏黑教鞭就會抽了過來。

但君兒並沒有因為責備或嘲弄而停下學習，也沒有對老師投以憤恨仇視的眼神，更沒有理會那些不斷試圖激怒她的大小姐。因為對知識的渴求讓她選擇無視這些磨難，將所有的精力放置在學習中。

＊＊＊

短短幾天的時間就在忙碌中飛快的度過了。

「好了，今天的課程就到此為止。紫羽小姐、君兒小姐，妳們兩位的學習課程落後比較多，所以記得在下週上課時把先前課堂交代的作業補給我。」女老師冷漠的下達指示後，便正式宣布下課。

下課的宣布讓上課上得很無聊的大小姐們發出了歡呼聲。她們不約而同離開座位群聚一塊，討論著下午休息時間該如何和女王共度。

此時，蘭卻是反常的獨自帶著自己的女僕與保鑣離開了教室，留下了紫羽。

淚君兒感覺到了不對勁。

她從露露的口中得知，原本蘭跟她一樣，寧願吃下那噁心的料理，也強硬的不願臣服。蘭是為了保護紫羽，才向緋凰求饒的，只因為她要保護跟她有著遠親血緣關係的紫羽。

總是擔當著紫羽的保護者的蘭，怎麼今天卻反常的自行離開？

沒過多久，大小姐們喧鬧著離開了，教室變得空蕩寂靜。

露露和君兒一塊收拾著課程筆記。然後她看了光腦介面中條列的繁重作業，不由得有些頭疼。

「真麻煩，怎麼有那麼多的報告要寫？」君兒埋怨著，惱火的關掉畫面。

露露在一旁淺笑回應：「君兒小姐，大世家要知道的知識比較多嘛。以後您可能必須跟其他家族的人交流，這樣才不會失了禮貌，也才會有相同的話題可以聊聊啊。」

君兒不悅道：「這些狗屁的知識！」
隨著她的這聲怒罵，身後不遠處便傳來「噗哧」的笑聲。
君兒回首望去，卻是那坐在最偏僻座位上的紫羽。
見君兒朝自己看來，紫羽微微泛紅了臉，卻是鼓起勇氣朝君兒走了過去。
「那個，要不要和我一起寫報告？我有收集了一些課程的資料可以跟妳分享……嗯，我可以叫妳君兒嗎？」紫羽靦腆害羞的說著。
紫羽的攀談讓君兒感到訝異。
這個怕生的女孩子竟然會主動接近她？
不過君兒思緒一轉，經過她這陣子的觀察，她發現這兩個女孩看起來雖然是他人口中的奴隸，蘭也的確會隨侍在女王大人的身邊，不過她卻偶然間發覺，這兩人有時會交會意味深長的眼神，她心想有一天要找個時間跟她們接觸。雖然她先前拒絕了蘭的好意而被對方所感冒，但從紫羽這邊先接觸了解，看來也是個好法子。
她友善的對紫羽露出笑容，點頭同意。
「真的？謝、謝謝！」紫羽在得到君兒的首肯後顯得非常開心，只是，當她的目光在落向君兒身後的鬼面保鑣，看到那猙獰的面具後，她的臉色蒼白起來了，有些害怕的收回目光。

君兒微挑柳眉，對紫羽的惶恐感到好笑，然後對鬼先生調侃了一句：「鬼先生你的面具太嚇人了。換個可愛點的面具吧？」

回應她的是男人冷漠的眼神。

君兒看見鬼先生眼中的警告，卻是「嘿嘿」的乾笑了兩聲。

她主動拉過紫羽，說道：「那我也叫妳紫羽囉。紫羽不用怕鬼先生，他不會咬人的啦！」

露露見君兒才幾天時間就已經習慣了皇甫世家的生活，衷心為她開心，也不忘記下她的個性——適應良好。哪怕是一個小細節，她也是要如實呈報，這將會成為大小姐商品目錄上的一個性格重點。

君兒仗著以前在打工中學到的交際手段，從紫羽口中打聽出不少消息。

露露沒有多想，只以為君兒初來乍到，再加上難得能遇上友善的對象，純粹是好奇。而瞧她黑眸閃動的光彩，戰天穹卻知道，君兒是在收集情報。

就在君兒和紫羽一問一答的時候，君兒突然視線一糊、腳步一個踉蹌，差點就要直接跪倒在地。

還好戰天穹反應快，拉住了她的手臂，君兒才沒有狼狽的跪下。

君兒一手捧著腦側，一時之間還沒有反應過來……然後她回神過來，明白了，怕是長年伴隨著她的頭疼病又要發作了！

「君兒小姐？」看著原本好好的君兒突然差點摔倒，露露顯得萬般緊張，「您是不是上課太累了？」

紫羽也被這突來的狀況給嚇著了，一臉驚慌的不知該如何是好。

君兒很是懊惱，難得紫羽主動來跟她示好。可惜她的腦袋開始犯迷糊了，不休息一會是不行了。

她只能苦笑的告知紫羽，自己身體不適，相約下次一塊寫作業。

「那妳要好好休息喔。」紫羽雖然感到有些失望，卻也更擔心君兒的身體。離開前她還頻頻回首憂心的看著君兒。

「君兒小姐，您要不要去醫療室給醫師看看？」露露提出建議。

只見君兒猛地搖著腦袋，像是想把腦袋瓜子甩掉似的。

「不要。打死我也不要再進醫療室了！」她對醫療室的印象可說是差到一個極致。那個白袍的醫生、那個冰冷的耳環……想到這，君兒不由得打了個寒顫。

她硬是打起精神、靠著牆面撐起身子站了起來，順便還不忘甩開戰天穹抓著她的手。

「我自己可以走。」

君兒臉上的蒼白跟步伐的不穩，讓戰天穹劍眉緊鎖。還沒等露露反應過來，他便一個箭步上前，直接抱起那像企鵝一樣走路搖搖晃晃的少女。

「欸?你、你……你幹嘛啊！」被鬼面保鑣騰空抱起的君兒瞬間羞紅了臉，她尷尬又虛弱的問道。

「帶妳回房休息。」鬼面保鑣冷酷的扔下一句話，便逕自朝君兒的房間邁步前進。

露露因為鬼面保鑣突來舉動而有些傻愣，在回神後趕緊追了上去。

＊＊＊

戰天穹心情很差，小時候的經歷讓他不喜歡這種不被需要的感覺。然後完全沒有經過思考，他就抱起了逞強的君兒。

在抱起少女後，他忍不住皺了皺眉頭。

這小ㄚ頭也未免太過瘦弱了！

或許是掙扎得累了，或許是知道以自己的力氣無法掙脫，最後君兒乾脆停止無用的反抗。

露露看著躺在床上沉沉睡去的君兒，她眼裡閃過一絲複雜。

跟君兒比起來，她一副健康可愛又豐滿的模樣，搞不好都比君兒還像大小姐。

戰天穹很清楚君兒瘦弱的理由──她一定都把打零工賺來的錢，全部用來買藥給她爺爺了。可惜那並不是普通的病症，而是因為被人強制廢去一身功力落下的病根，普通的藥物根本無法醫治那種頑劣的病根，只能勉強吊著一口氣。

想起那日破舊矮房裡，那張憔悴又滄桑的容顏，戰天穹現在非常想知道，族人是否已經查到凶手了！

Chapter 12

塵封的記憶

「爺爺……」

君兒眉頭緊皺，迷糊的低喃著，然後緩緩轉醒。

露露見君兒醒來，終於放下了心來。

戰天穹遠遠靠在牆邊看著兩個女孩，為自己先前下意識的反應感覺困惑。

「君兒小姐，您還好嗎？頭還會疼嗎？」露露問著。她伸手摸了摸君兒的額頭，感覺異常的涼。

君兒淡笑回應：「我沒事，老毛病了。」

「老毛病？可是身體檢查時不是沒有任何異狀嗎？」露露有些困惑，決定等會要重新再去確認一次檢查結果。

「爺爺帶我去看過很多醫生，但都找不到理由。我的腦袋並沒有任何問題，就是莫名其妙會每年頭痛一次。」君兒聳肩，表示自己也不知到底為什麼會這樣。

「那君兒小姐，我去幫您泡一壺寧神茶，讓您好好休息。今天的其他課程，我替您請假好了。」露露提議道。

君兒點頭同意了露露的決定。

露露離去後，房間裡只剩君兒與戰天穹。

這時，君兒回想起，先前鬼面保鑣將她抱起的畫面。

那是跟爺爺的擁抱完全不同的懷抱。扎實的胸膛、沉穩的心跳、令人安心的氣息……她猛然深怕這樣的溫暖會像爺爺一樣突然消失。

君兒不能理解自己的情感是什麼。是因為他和爺爺是親屬，又有著和爺爺相似的紅髮紅眼，所以下意識的將對爺爺的情感轉移到鬼先生身上？

一開始，她看著鬼面保鑣都還會像雨日那時有驚懼感。

但現在完全不一樣了。

實際接觸後，她發現，恐懼只是自己想像出來的。鬼面保鑣其實只是個不愛說話的悶騷大叔而已，一點也不可怕。

君兒睡不著，乾脆趁著露露去忙碌茶點的時候，詢問戰天穹關於修煉的事情。不是說保鑣也會負責指點修煉嗎？那這樣他就無法再緊閉著嘴，她可以藉此跟他親近親近囉。

「那個，鬼大叔……」

「……」男人瞪了她一眼良久，然後咬牙切齒的低咆了句：「妳可以用點別的稱呼嗎？」

君兒一愣，明白可能是「大叔」這個詞踩到對方的痛腳了。她「噗哧」一笑，有些吃驚鬼面保鑣竟然會計較這個稱呼。他感覺起來是比她大上不少歲，對她一個十四歲的小女孩而言，確實是大叔沒錯呀。

「噢，我是想說這樣比較親切……」

君兒本來是想調侃一下鬼面保鑣，不過礙於對方罕有的怒氣，她還是改了稱呼：「好吧，鬼先生，我想問一下關於修煉的事。」

「……不舒服就好好休息。」戰天穹顯然不想搭理她。

但君兒還是不死心。畢竟難得露露不在，只有他們單獨相處。她想趁這個時間，確認一下他的身分。

「鬼先生，你覺得我爺爺的家人會來幫他打理後事嗎？」君兒沒頭沒尾的問著。她不確定監視器是否能夠監聽，所以這段話不敢說得太明白。

「一定會的。」戰天穹答道。

得到答案後，君兒鬆了口氣，終於展露笑顏。她終於確定了鬼面保鑣的身分，也知道爺爺的身後事有人代辦了。

君兒的笑容讓戰天穹心中感到沉重。因為，失去的，是他們共同的親人……

之後，兩人間再也沒有對話，直到露露準備了安神的茶點回來，這壓抑的沉默才得以解放。

＊＊＊

晚上，君兒身體好一點後，便堅持要完成今天的作業，趕上進度。

她的固執讓露露莫可奈何，最後只好任由她繼續窩在書桌前忙碌。

只是當君兒翻開了符文書籍後，她卻發現了一些不對勁的地方。

雖然她對符文有強烈的敏銳感，但過於艱深的符文她還是會感到不明白，而現在，早先她還有些困惑的符文，現在卻突然馬上就能理解了。

她雖然困惑，卻不敢隨便跟別人討論。

露露看著君兒在短短的時間裡，將落後的進度全趕了上來，她顯得無比訝異震驚。

「君兒小姐，其實您是個很有才能的人呢。」

但最震驚的其實是此刻超常發揮的當事人！

除了符文知識，君兒發現自己也對舊西元時期的歷史與語言感覺十分熟悉。就像這些知識似乎是已經存在於她腦海中許久，但卻因為一些不明的原因被深藏在腦海深處。

她究竟是遺忘了什麼記憶？

在露露說出那句話以後，她腦海裡閃過一個殘破的記憶片段。同樣類似的話語，卻是由一個陌生又熟悉的男人聲音說出來的。

「辰星，其實妳是個很有才能的人哦。」

陌生、卻又充滿鼓勵意味的溫柔淺笑聲在腦中響起。

當她快要想起什麼的剎那間，她腦袋瓜子劇烈的疼痛了起來。

君兒的意識此時陷入一種極其詭異的狀態。她可以聽見大家的呼喚，卻沒有辦法做出任何回應。

戰天穹眉頭緊皺，敏銳的感覺讓他馬上注意到君兒額心處有某種隱晦的力量在竄動。他將厚實的掌心覆上君兒的額心，邊運用星力替她緩解痛楚，邊探索著那股突來力量的根源。

然後，戰天穹意外的在君兒尚未覺醒的精神意識深處，發現一股暴動的異常力量。他仔細探查了下，卻發現前所未見的光景——

一道極其複雜、恍若蝶展翼般的圖騰駐守其中，散著美麗的星星光芒，但周遭的星力無比浮躁，彷彿快要崩潰。

這似乎就是君兒會突然頭顱劇痛的原因。

看著那奇異的圖騰印記，戰天穹心中無比震驚，但現在不是研究圖騰為何存在的時間，他利用自己的精神力穩定圖騰外的躁動星力。直到星力都平靜下來後，他才縮回了手，眼神深沉的看著君兒。

在頭顱劇烈的疼痛中，君兒感覺到一抹猶如清流的能量湧入，一點一滴替她緩和了痛楚。

雖然疼痛漸緩，但她的意識還是抽離的。

她的腦海中出了不同的畫面——

她看見三個人坐在一起，她隱約知道其中一人是她，但另外兩個人卻看不清容貌。不知為何，她看著那畫面感到了悲傷。

那兩個人是誰呢？為什麼會忘了？

不過，她沒辦法再思考，思緒一瞬陷入黑暗，昏了過去。

在她徹底失去意識前，露露緊張的尖叫聲像是從很遠的地方傳來一樣，然後漸漸聽不見了。

戰天穹因為君兒額心內的古怪圖騰，緊皺的眉頭仍未鬆開——他曾經看過極其類似的圖騰！

為什麼這丫頭會擁有跟羅剎那傢伙極其相似的圖騰？

想起昔日羅剎讓他來原界尋找擁有星星之眼的存在。羅剎他，是否早就預料到什麼了？

那傢伙，看來似乎隱瞞了他很多事……

Chapter 13

沉睡的神秘圖騰

踏進醫療室，早先接到露露傳訊的醫療人員已在待命中。他們動作飛快的讓君兒躺進了一個傾斜四十五度角的透明圓柱儀器中，開始進行精細的檢查。

透明圓柱上方伸出一個與圓柱同樣弧度的半圓檢測儀，然後開始上下掃描滑動，最後在君兒顱端處停了下來。檢測儀上幽光不停切換，掃描著君兒的腦部狀況，再將訊息如實傳送到醫師面前的系統上頭。

「醫生，君兒小姐的情況到底是……」衛秘書接到通知後馬上趕了過來，她身為君兒的專屬秘書，若是君兒出了什麼事情，她可是會受到懲處的！

醫生一臉嚴肅，顯然也沒遇過這麼棘手的狀況。他慎重的切換眼前的畫面，最後仍舊是一臉困惑。「君兒小姐……沒有任何問題。」

衛秘書焦急的詢問：「怎麼可能沒問題？！」但卻不是真的擔心君兒，而是緊張自己可能會受到處罰。就算她是個廢物，終究還是個「商品」。

這時，始終沉默的鬼面保鑣開口了：「我剛剛幫她平復疼痛的時候，注意到她的頭顱有劇烈的星力暴動。我猜測，這可能是她的星力評等比尋常人低的原因，因為她的身體可能跟星力會產生互斥反應。」

戰天穹半真半假的說著。他知道君兒要隱瞞自己的實力，那他也就順水推舟幫她一把，至於最後她能做到哪種地步，就看她自己的努力了。

醫生和衛秘書聽著他的回答，皆是一臉驚訝。

醫生在評估這個說法的可能性，他又詳細詢問了戰天穹關於君兒當時的情況。

在戰天穹的引導下，這個虛假的答案終於得到認可。

最後醫生在君兒的診療紀錄上，寫下了診斷：

突發性劇烈頭痛，疑似星力與身體衝突。身體與星力產生排斥無法正常吸收，因此以此方式釋放。除了劇烈頭痛以外並無任何異常。腦波正常、顱內正常、其他生命徵象正常。需持續觀察，建議減少星力修煉，改為著重身體鍛鍊，多休息，補充營養。

衛秘書在得到這個診斷結果後，雖然還有些不滿意，只是輕哼了聲，帶離了這份資料準備向上級報告。

醫生要求君兒留在醫療室觀察一晚。露露看顧上半夜，戰天穹看顧下半夜。

時至下半夜，疲倦的露露告別了鬼面保鑣，再交代一些注意事項後便離開了醫療室。戰天穹拉了張椅子坐在君兒的病床旁邊，靜靜的注視著少女顰眉的蒼白臉蛋。

然後，他決定，要再一次深探君兒隱藏在額心裡頭的詭異圖騰。

那並不是應該存於這位平凡少女腦海中的事物。但當他一想到君兒眼中的星星光點及其代表的意義，瞬間覺得「平凡」這詞不太適合她。

戰天穹透過強悍的精神力調換了監視器上面的畫面。

準備就緒後，他探手搭上君兒的額心，闔上眼，無形的精神力開始延伸。

戰天穹觀察著君兒位於額心處的星辰圖騰。他幾次嘗試碰觸，都有股力量溫柔抗拒他的試探。雖然無法接觸，但那神秘圖騰的能量讓他感覺無比熟悉，那跟羅剎的印記能量完全近乎相同。即便如此，戰天穹仍感覺到有不一樣的地方——君兒的這個圖騰並不是甦醒的，似乎是一個封印？

那神秘圖騰恍若一個沉靜的深湖，平靜得沒有一絲波瀾。

戰天穹神情越發嚴肅起來。羅剎的印記是用符文的原理架構出來的，但是君兒的圖騰似乎是天成的，看不出是人為刻意種下封印的痕跡；就算是，憑他的實力也不可能辨別不出。

看樣子可能必須帶這丫頭去給羅剎看看才行。既然他要他來尋找星星之眼，那相信他的好友會更了解這神秘的圖騰。

又或許，這圖騰可能與星星之眼有關聯？戰天穹暗自猜測。

他控制好力量，決定繼續深入探索。

他發現，圖騰似乎是從內部進行封鎖的，不管外力如何介入也無法喚醒封印，這可能要當事人精神力覺醒才能明白更多。

但，自行封鎖？這小丫頭才多大？聽君兒說，從她被爺爺收養時，還是嬰兒的她就有頭痛的問題。那就表示這個圖騰可能在她出生時就存在了。

這代表了什麼，前世輪迴？

驀然想到這個荒謬的結論，戰天穹眉頭一皺。他經歷無數漫長的歲月，也聽過不少奇聞軼事，自己本身也經歷過很多事件，他明白有些事情看似荒謬，但卻是真實存在的，雖然他不會迷信也不會完全不相信。

但在這個論點被證實之前，他還是持保留態度。

君兒發現，自己又進入詭異的狀態，一個冷漠的自己，正看著被那半透明圖騰印記包裹著的自己。

她睡著卻意識清晰，可以感覺到有個外力在試探包裹著自己的圖騰印記。

這樣冷漠的自己、這個未曾看過的圖騰，為什麼她會覺得似曾相識？

她是否遺忘了某段記憶？

又在哪個時候遺忘了？

還是說，這是在她生命開始前的記憶？

君兒一笑置之，收起了這份猜想。

她在圖騰後方觀察著那抹前來探索的力量，她感覺到那抹力量有些熟悉，讓她渴望靠近。最後她決定順從心靈的渴求，主動接觸那試探的力量。

『……你究竟是誰？』

圖騰後方的君兒喃喃自語，卻是在戰天穹的精神世界裡迴響。

戰天穹一愣。他感到訝異，竟在自己的精神世界裡感覺到君兒的精神波動。

他的臉色有些異樣。因為像他這樣未經允許探索別人精神深處的行為，可以說是非法入侵，若是主人有意識的要驅逐他，可是會讓他的精神受到一些創傷的，雖然以他的實力，這點創傷不算什麼，但若是影響了君兒對他的信任，這可就糟糕了。

他嘗試回應對方，表達自己並無惡意，意念卻不受控制。

『辰星……』

在傳遞出這兩個字後，不知為何，他心中夾雜著痛楚、哀傷和深深的愧疚。

「辰星」究竟代表了什麼？為什麼光是這兩個字，就能讓他心中深切的感到疼痛？

君兒因對方傳來的這抹意念而驚訝了。

她仔細的探察對方的力量，感覺非常熟悉。那是她頭疼時為她撫平疼痛的力量。對方居然是鬼先生？

她記得當時露露說出的讚美話語，喚醒了她的某段記憶，記憶中的某個人稱呼她為「辰星」。

為什麼鬼先生會這樣稱呼她？

回想起對鬼先生第一眼的熟悉感，還是說，他就是被她遺忘的那個人？

面對他時，除了害怕和畏懼，更多的是親切，並不單純只是因為他是爺爺的族人，現在知道因為那是深藏在靈魂深處，如何也忘不了的安心感受。

頃刻間，戰天穹又收到了屬於君兒的意念——信賴、親切以及安全感。這該不會是那丫頭心裡對他的感覺吧？

戰天穹猛地抽回貼在君兒額心上的掌，一臉驚疑不定的看著自己有些刺麻的掌心。因為接收到君兒那樣的情感，他的內心也起了波瀾！

當他正在訝異自己的情緒時，他手背上的誓約印記瞬間亮起紅色的警告光輝！就在同時，他深切感覺到劇烈的痛！

那難以用言語形容的痛，讓戰天穹鐵青了一張臉。他右手緊緊覆上同樣刺痛的左手背，獨自承受著這份痛苦。

就在戰天穹的力量瞬間消失時，那冷漠的君兒也同時消失了。甦醒的君兒又感受到頭顱的隱隱作痛，讓她很是難受。

「嗚……」君兒痛呼了一聲，疲倦的睜開了痠澀的眼。只是她的視線才剛聚焦，就看到鬼先生右手正在壓制著他左手背上的赤光紅印！鬼先生違反誓約了？！

君兒一驚，不顧身體還有些虛乏，強撐起身子，緊張兮兮的看著手背青筋浮現的戰天穹。她緊張的大氣不敢喘一聲。

鬼先生的「靈魂誓約」竟然發動了！她該怎麼辦才好？

君兒在緊張時反而更加理智，她飛快的想過所有可能解決的方案，但卻無一能幫上眼前正死命壓制紅光的鬼先生。

在思索解決方案無果之後，君兒突然感覺到自己的印記傳來的促亂星力能量。這讓她突然靈光一閃，心中有了些許想法。

她抬起小手覆上戰天穹厚實的左手背。對他的信賴，讓她決定不再隱藏自己的天賦能力——「控制天賦」發動！

這是她第一次將這份控制星力的能力用在別人身上，她心裡有些害怕，更擔心監視器會暴露了她的能力。但她就是想幫忙他！後果什麼的她也不管了，就算皇甫世家知道了，大不了再調整計畫就是了！

在君兒下定決心要幫助戰天穹的這一瞬間，她原本烏黑的眼瞳開始閃動星輝，如同黑夜中閃爍的銀河般璀璨。疊在男人手背上的掌心因為能力的發動而感到刺癢。點點微弱的星星光飄浮在兩雙交疊的手的周圍。

「靈魂誓約」的警告紅光開始轉弱，然後消逝，不復存在。

當戰天穹睜開眼，看到的就是專注看著兩人交疊的手背的少女。汗珠從她的額頭流下，她眼眸卻是燦亮——那眼中的光輝恍如星辰般燦爛。

「妳……？！」戰天穹驚愕的看著君兒眼中的異象，馬上明白了。方才的痛處能消失的那麼快，並不是他成功壓制了心底的感受，而是屬於君兒的特殊能力介入協助了！

此刻他終於知道，原來君兒的特殊天賦就是那極其罕見的控制能力。他正想開口確認，就見君兒喘了口氣，見他一臉探詢，便展露一抹虛弱的微笑，身子一晃，再度失去了意識，隨即倒下。戰天穹接個正著，小心的抱著她回病床上。

戰天穹看著她的神情無比複雜。

方才君兒那一瞬傳來的情緒，讓他心頭震撼不已，瞬間激起印記反撲。那純由契約喚來的力量，彷彿就要撕裂他的靈魂，卻在君兒的控制能力下平靜了！

能夠壓制「靈魂誓約」這種最高等級的契約反撲之力，這是要多麼強大的能力才辦得到？雖然他也遇過擁有控制能力的人，卻沒有一個能像君兒這樣壓制住「靈魂誓約」。戰天穹對此無解，打算往後再觀察。

看著君兒疲倦的睡顏，想起她先前幫助他的畫面，原本冰封的心融解了。

戰天穹感嘆了聲。相處才沒多久，他就看到了這丫頭無數不同的面貌。既堅強又脆弱、既沉穩又張狂、既冷靜又瘋狂、既單純又心思縝密。小小年紀，怎能這般矛盾？

他發現自己似乎對她的好奇感更深了。對未知的探索與冒險感總是讓男人欲罷不能，更別提這丫頭對他展露的信賴，莫名的讓他渴望能夠再度被一個人信賴——對他而言，這是無比珍貴的情緒。

但想起自己身上的詛咒，戰天穹神情苦澀。

Chapter 14

陌生之名

在那極遠之處，有著一頭淡藍髮絲的妖異男人驀然睜開了金燦的眼眸。

他身處一棟冰冷色調的建築物之中。

「終於正式接觸了嗎？我就知道你絕對無法動手殺了她的。」他低語，然後揚起一抹神秘的笑容，眼神燦亮。

「霸鬼，噬魂會指引你的，希望你能夠順利跟他合一……」然後男人像是想起什麼似的，面露苦澀，「希望父親大人甦醒後不會懲罰我，但這是辰星最後的機會了。唯有透過與『魔女』相對等的完整靈魂，才能讓她真正覺醒。」

他食指亮起淡藍色的光輝，利用星力光輝的軌跡，在身前繪製著一位女性的容貌——若是戰天穹在此，一定會訝異他畫出的女性竟與現在的君兒有七分相似。

男人看著完成的女性容貌傻愣了一會，隨後揮手抹去了星力軌跡。

「我已經看不到未來了，剩下的只能靠你們自己去探索了……或許，父親大人早預料到最後的結局，所以才會從未來扯來『他』的靈魂碎片，製作出噬魂，就為了今日辰星和噬魂與他的再度重逢嗎？」

他怔怔的看著遠方的天空。那裡的天空澄澈，白雲飛掠，上空還有美麗的虹色符文光環閃動，將原本白色的雲層渲染成各式各樣的顏色。

「……辰星，我親愛的妹妹，妳現在過得還好嗎？」

＊＊＊

這一次的昏迷，君兒在迷糊間似乎做起夢來了。

夢裡的她向上眺望著，色彩繽紛的玩具十分顯眼。隨著她探手撥弄，玩具發出了清脆的響聲。嬰兒般肥短的小手小腳愉快的撥弄那些玩具，發出了更多清脆聲音，讓「她」開心的咯咯直笑。

君兒很是困惑。這是她嬰兒時期的記憶嗎？

看著上方垂掉的響鈴玩具，君兒明白了自己也曾經是被父母寵愛的孩子。但一想到父母如今不知身處何方，拉拔自己長大的爺爺也過世了，讓她心裡感到酸澀。

然後像是感應她的心情變化，那個嬰兒的「她」也跟著哭鬧了起來。

「辰星怎麼哭了？」

稚嫩的男孩嗓音傳了過來。一位有著淡藍短髮、金色眼眸的秀氣男孩不知何時趴上了嬰兒床的柵欄邊，眼神困惑的看著哭泣的嬰兒。
君兒透過嬰兒的視線看見那名男孩，頓時心生困惑。
為什麼，「他們」都稱自己「辰星」呢？這難道是她真正的名字嗎？
「辰星別哭，哥哥在這裡。」
男孩露出笑容。年紀小小的他生得精雕玉琢，模樣看起來好生粉嫩、可愛。燦金的眼十分特殊。他伸手握住了嬰兒揮舞的肥嫩小手。
而光是被握住手，嬰兒的哭聲就漸漸減弱，最後只剩下「咿咿呀呀」嚷著不知名要求的聲音。
不久，拉著她手的男孩，側頭朝某一處看去，然後，笑盈盈的喊道：「母親大人！」
「怎麼了？」女人慵懶的嗓音詢問著。
君兒透過有限的視線範圍，看見了女人不怎麼清晰的容顏，只看見了她一頭漆黑的長髮——這與她的髮色完全相同，這讓君兒心頭一跳。再來就是女人那雙紫色的眼，那雙眼寫滿了讓她沉醉的溫柔慈愛。
女人輕巧的彎身抱起了她，輕拍著她的背心，輕輕哼起了首曲子。
她溫暖的懷抱，讓君兒想哭。

那輕柔的歌聲包圍著她，像是在撫摸著她的臉龐、摸揉著她的腦袋瓜。而那雙美麗的紫色眼眸，正溫柔的看著自己。

「噓，小辰星，再睡一下哦。」只聽女人溫柔的說道。

隨著背上的溫柔輕拍，很快的，君兒再度陷入更深層的睡眠之中……

＊＊＊

隔日，君兒在簾幕透進的微光中醒來。她意識還有些模糊，卻清晰的記得昨夜的夢。

夢裡，那個模樣清晰的男孩子與擁有黑髮紫眼的女性，他們是她的家人嗎？

既然她擁有皇甫世家的血脈天賦，那麼她的母親應該是皇甫世家外流的存在了，不知她是否可以藉此尋找到母親，皇甫世家裡會有紀錄嗎？

想起夢裡的溫馨，君兒明白自己並不是不被愛所以才被拋棄的——這讓她很是擔心父母是否遭遇了不測；還有那模樣與她大相逕庭的哥哥，現在還活著嗎？身處何方呢？是不是還在尋找她的下落？

想著那個夢境，君兒打定主意要在皇甫世家中查探出她的母親身分，至少，收集一點母親的相關資料，可以彌補她從小失去雙親的寂寞。她想要更了解他們，父親與母親，還有她的哥哥。

「君兒小姐，您好點了嗎？」露露見她醒來，便放下手邊的工作。她將君兒扶起落坐，便不知從哪裡變出熱水開始替她擦拭臉龐，打理儀容。

君兒晃了晃腦袋，今天比前幾天都還精神多了，這讓她鬆了口氣，至少接下來有一年時間不用再經歷那種難受的頭疼了。

「我好多了。」君兒打量了一下四周。注意到鬼先生不在身邊，她頓時顯露茫然。

「鬼先生呢？」他不是一向都不離身的守護她嗎?君兒記得自己昨晚必須用控制能力幫他壓制誓約發作，不知道是否真的沒有事情了，她有些擔心他，同時也有些緊張自己意圖隱藏的能力是不是已經暴露。

她靜靜的觀察著露露的表情。露露仍舊是那樣的燦爛笑容，對待她的態度沒有改變，她猜想肯定是鬼先生替她隱瞞了。

露露因為君兒的問話頓時皺起小鼻子，一臉不開心，「君兒小姐怎麼一早起床就找鬼先生呢？他照顧君兒小姐一整晚了，人家雖然是貼身保鑣，但也是要休息的。露露也擔心您一整晚了，現在換我來照顧您不好嗎？」

君兒只是歉意的笑笑。其實她明白，露露的說詞只是要博得她的開心，讓她鬆懈心房的技巧而已，畢竟露露是皇甫家的女僕，極有可能是奉命來監視她的，她再也沒有辦法像一開始那樣對露露訴說心事了。

露露似乎也明白了君兒那隱晦的迴避，長久的訓練讓她知道，能真正讓這位大小姐完全信賴自己的機會已經錯過了。既然是這樣，那她就換個方式，打算用長遠的時間來換取緩慢滋生的情誼。雖然這樣很卑鄙，不過這就是她身為皇甫世家女僕的工作，比起珍貴的友情，讓自己能過活的薪水還是重要多了。

她看著君兒在沒有看見鬼先生的身影後略顯失落的表情，心中微微一嘆。雖然她並不清楚君兒為什麼會跟其他大小姐不一樣，沒有跟同性的她友好，目光反而總愛追逐著戴著猙獰惡鬼面具的保鑣先生。希望不要是像她猜想的那種情況就好了。

邊想著那後果，露露決定給君兒一些提醒。

「君兒小姐，您絕對不可以愛上保鑣先生哦。保鑣是絕對不會回應大小姐的感情的。礙於契約，所以保鑣們都必須要心如鋼鐵。過去曾有大小姐愛上保護自己的保鑣，但這位保鑣最後冷酷無情的將她送出皇甫世家，冷眼看著她嫁給購買她的買家，最後那位大小姐只能帶著受傷的心與另一個男人共度下半輩子。大小姐跟保鑣是絕對不可能有結果的。」露露語重心長的說著，特別加重了那個「愛」字。

君兒露出了驚訝的表情，她沒想到露露竟然會以為她喜歡上了鬼先生。知道露露會錯意了，她趕緊解釋道：「露露妳可以放心啦，我只是覺得鬼先生給我的感覺很像我爺爺嘛。我對他可沒有像小說裡頭描述的會『怦然心動』。」

露露聽到君兒的回答稍微安心了。見鬼先生不在，她便開起他的玩笑：「鬼先生要是知道君兒小姐把他當成爺爺，不知道會怎樣想呢？」

「愛情」，從小君兒總是聽那些鄰居的大姐姐或工作場所中的女性同事們提到，無論是那種青澀又甜蜜、還是糾結又幸福的感覺，都不由得讓她心生嚮往。

但她對於「愛情」這個字詞的了解，多半還是從書籍裡閱讀到的——女主角的生命中總會出現一位英俊又強悍的男性，他會保護她，以及在美麗純白又夢幻的婚禮後，兩人會共同構築一個安穩的家。

隨著年紀逐漸長大，經歷世態炎涼，過去的夢想變得實際。現在的她不求強悍的伴侶、不求夢幻的婚禮，只求有一間能夠遮風避雨的小屋，彼此能夠互相扶持共度苦難就好了。

爺爺說過那麼一句話：「人生，能陪妳分享喜悅的人很多，但能夠陪妳承擔苦痛的少之又少，能擁有一位便要珍惜感恩。因為他們大可以捨下妳去過更好的日子，卻選擇跟妳共度風雨。」

爺爺總說奶奶就是他最珍惜的對象，陪著他走過了無數風風雨雨，雖然奶奶早年已逝，但留下的美好記憶卻刻骨銘心。

她沒見過奶奶，卻也希望能遇見一位能跟自己共擔苦難的對象，她會好好珍惜這個人。哪怕她年紀尚小，還不懂連成年人都參不透的愛情，卻清楚自己未來將會選擇的對象。

她以前有問過爺爺何謂愛情，爺爺只是嚴肅的說：「君兒妳還小，別想太多，以後就會懂了。」

但她就是不懂「愛情」到底是怎麼一回事。

「露露，為什麼妳會誤會我愛上鬼先生啊？」君兒托著臉頰，看著露露在一旁忙碌，邊提出了自己的問題。

她困惑的提問，毫無滯礙的傳進了無聲走進醫療室的戰天穹耳裡，讓他停下腳步。

他苦笑，昨晚感受到這丫頭的情緒後，他心裡原本深鎖的情感就如同出閘野獸。連他自己都覺得陌生。

經歷過很多事，他明白，少女的問題純粹出自於好奇，他不該當真，只是心中仍隱隱作痛。這是為什麼？

還有，他思索了一整晚，都不知道自己為什麼會下意識的喚出「辰星」。

戰天穹看了自己左手背上的印記一眼。幸好誓約已被君兒壓制，否則現在他又要承受那撕心裂肺般的痛苦。

越探究他就越發現，她身上似乎隱藏著更多和他有著密切關聯的秘密……

Chapter 15

耀眼的成長

「君兒小姐，難道您沒注意到您的視線常常追著鬼先生跑嗎？」露露沒好氣的提醒。這短短的時間裡，她常常看到君兒總會無意識的追逐鬼先生的身影，直到確認他在身邊才會感覺安心。這樣太過關注一位男性總是不太好的，若是日久生情就更糟糕了。

君兒因為露露的提醒而傻愣了會，柳眉顰起，憂心自己是不是真的太過關注鬼先生，但她更慶幸露露誤會了她關注鬼先生的原因——她是真的為鬼先生的存在而安心，但這是因為他是爺爺的族人啊！

於是君兒乾脆不辯解，讓露露真的是徹底誤會了。

露露開始嘮叨起一些大小姐該遵守的規矩，以及保鑣這個職務的冷酷和任務，就是希望君兒能放棄對鬼先生的好感，省得以後會影響到買家對「商品」的購買慾望。畢竟誰也不希望自己的「東西」總是牽掛著別人吧？

「露露，妳會不會想太多了？我是因為鬼先生給我的感覺像爺爺，所以才會感覺安心。我又從來沒看過鬼先生面具底下的真面目，妳見過有人會愛上沒有見過一面的人嗎？」

君兒無比犀利的反駁了露露的疑問，讓露露終於停下了告誡。

君兒鬆了口氣。雖然她這是謊言，不過露露總算安靜了！

露露無奈的輕哼了聲。說得也是，君兒小姐根本沒有看過鬼先生面具底下的容貌！腦海裡的都是那張面具，而不是真正的鬼先生，怎麼會喜歡上對方……搞不好面具下的是個醜八怪，即使原本君兒是喜歡他的，拿下面具後，也就不見得了。

這話落在藏身簾幕後的戰天穹耳裡，讓他有股衝動想要在君兒面前拿掉面具，讓她看看自己的真容。那日兩人短暫的視線交錯，難道這丫頭認不出自己？

但拿下面具又如何？君兒就會真的喜歡上他嗎？

他想起自己身上的詛咒，心裡頓時只剩下絕望。說到底，沒有人會願意去喜歡並接受一個怪物，而他很不幸的，就是一個披著人皮的怪物。

「好啦，那希望是我多心了。」

露露終於結束了替君兒打理儀容的動作，接著跟君兒交代請假時老師交代的課業。

戰天穹刻意在外頭多待了一會，直到自己平息了心中的煩躁，他才刻意製造出腳步聲，拉開長簾。在面具的遮掩下，沒有人看見他鐵青的神色。他招呼也不打，自顧自的坐往一旁距離病床較遠的椅子上，閉目養神。

雖然他一如往常的沉默，但君兒卻意外的感覺到一抹疏離。

這讓君兒有些錯愕。

難不成是因為昨天的事情讓鬼先生不開心了？嗯，身為強者應該不會希望被她一個沒實力的小丫頭幫助吧？傷到他的自尊心了？

君兒胡思亂想著。

隨後君兒又接受了一番簡單的檢測。

雖然她精神狀況還好，身體卻是軟綿綿的使不上力。醫師研判可能是生病後的暫時性虛弱，已經沒有必要再留在醫療室，便允許她離開。

君兒靈機一動，為了滿足男人受創的自尊心，她打算示弱一下。於是她嬌俏一笑，佯裝可憐兮兮的模樣喊了句：「吶，鬼先生，抱抱！」末了還不忘像個孩子一樣張開雙臂，做出準備被擁抱的姿勢。

戰天穹為之愕然。

露露更是傻了眼，有些無奈的勸喊：「君兒小姐，剛剛不是才說要您別跟保鑣太過親近嗎？您這是成何體統！」

「可是只有鬼先生能抱我回房啊。不然露露妳要揹我嗎？」君兒笑嘻嘻的回答，眼裡閃動捉弄的笑意。

這句話讓露露啞口無言，雙手叉腰像是氣惱又是莫可奈何。

戰天穹又好氣又好笑，不曉得該拿這古靈精怪的丫頭怎麼辦才好。她就不怕這樣會被人懷疑他們的關係嗎？

不過思緒一轉，或許這丫頭又有別的打算吧。

他嘆息了聲，便彎身將君兒從病床上抱起。而君兒也順其自然像隻小無尾熊似的攀上他的肩，讓他身形頓時一僵。他不習慣這樣親近的行為。

君兒發出低低的奸詐笑聲，像是發現了什麼好玩事。她從最近的互動中感覺得出鬼先生似乎對肢體接觸很抗拒。

不過，這點倒是託她最近的頭疼病而稍微有了改善。雖然不解他為什麼會抗拒，但是捉弄這位寡言的鬼面保鑣，看他有不一樣的反應態度，是君兒最近的娛樂之一。

「麻煩你了，鬼大叔。」少女巧笑倩兮的喊著。

聽到這樣的稱呼，戰天穹沉下一張臉，目光狠辣的瞪向她，面具下的嘴角卻是揚笑——他突然鬆開懷抱著君兒的手臂！

「哇啊——」

君兒被嚇得尖叫出聲，趕緊攀緊鬼先生的肩頭。在聽見對方的冷笑聲後，她明白這是某大叔在報復她了，頓時氣紅一張小臉。

見君兒又滿懷惡意的想喊出那個稱呼，戰天穹冷酷的丟下一句：「再喊就把妳丟出去。」

「你……！」

君兒雖然知道自己有些放肆了，但還是氣鼓鼓的嘟著嘴，像個鬧彆扭的孩子一樣趴在戰天穹肩上生悶氣。

露露見君兒難得遇上對手，臉上不由得滿是笑意，但下一秒她卻在君兒沒有注意到的視線死角，對鬼面保鑣投了一抹警告眼神。

戰天穹自然沒有忽略露露那森冷的警告，只是冷漠以對。儘管如此，他懷抱君兒的身體仍舊緊繃，不過動作卻很輕柔。

君兒安靜的享受這比自己身高還高的視野。她靠在男人的肩頸處，感覺到他結實的手臂環抱自己的溫暖，還有那能夠讓她感覺平靜的安全感。

這樣親暱的舉動，在少女的心裡留下烙印，哪怕此刻還淺淺淡淡的並不清楚。

＊＊＊

時光飛逝，君兒被抓回皇甫世家的時間超過三個月了。

自從先前頭疼時跟鬼先生有了短暫互動以後，她為了不讓露露太過注意他們，除了詢問鬼先生修煉上的事情之外，其餘時候都變得疏離有禮。

戰天穹很清楚，這只是君兒轉移露露注意力的手段。

現在君兒正準備去找紫羽一同研習功課。

過去是紫羽協助她學習課業，現在的她超前了進度，便回過頭來幫助紫羽——她一向是個別人對她好，必定十倍奉還的人。

這三個月以來，營養充足的餐點以及每天被戰天穹逼著鍛鍊身體，君兒那瘦弱矮小的身形拉高了幾公分，原本平坦如男孩般的身子也開始有了起伏的曲線，瘦尖的臉蛋也變得豐盈起來，粉嫩頰畔漾著健康的紅暈，就像可口的紅蘋果一樣。而那及肩長髮柔順的披在肩頭，搭上淡紫色的短版洋裝，行走的姿勢端正優雅，儼然擁有世家大小姐的氣質模樣了。
看著君兒堅定前進的步伐，戰天穹不由得有些恍惚。
這段時間他守在她身邊，看著她遭遇無數語言攻擊，甚至是挑戰精神底限的各式噁心餐點、要求嚴苛的作業以及跟在其後的處罰，她都沒有放棄或者是選擇捨棄尊嚴，只是堅強的承受著，將這些旁人眼中難以承載的折磨，當成是打磨自己心智的工具，一步步的克服難關、證明自己。失敗了就改正方式，成功了也不驕傲自大。
她擁有一顆永不放棄的心靈，正在從逆境中逐漸綻放自己的光彩。
連他這個旁觀者都為她的成長感到吃驚。
或許現在是時候了。
她已經得到自己的認同，那麼接下來他將會暗中協助她；但最終，她還是得靠自己的力量離開這裡！
雖然這樣很殘忍，但成長總是得自己去經歷、去跌倒、去鑽研、去尋找成功的方向，才能將所學真正用在生命上。別人可以給予協助，但人生還是得自己為自己負責才是。
他不想教出一個只會依靠別人、不會自己生存的溫室花朵。

曾幾何時，戰天穹早就忘了他一開始接近君兒的目的了，如今的他，只想知道這樣一個堅強的女孩子，能靠自己的力量走到何種地步。她會如何把握他給予的「機會」呢？戰天穹是越發覺得有趣了。

Chapter 16 讓人震驚的挑戰宣言

君兒還沒走到和紫羽相約的小型討論室，遠遠的便看見討論室門口正聚集著許多人，不知道在做些什麼。

她感覺到不對勁，加快了腳步趕往該處，就深怕紫羽被別人欺負了。

「唷，這不是那個廢物君兒嗎？」一位大小姐注意到君兒的出現，看著她鐵青的臉色，露出嘲諷的惡意笑聲。

「怎麼？來當拯救公主的騎士嗎？不過一個廢物騎士能做些什麼，在女王面前還不是要乖乖低頭？」

另一位大小姐的話語讓君兒臉色更是陰沉，她目光死死盯著說這句話的大小姐，堅毅又蘊藏憤怒的雙眼讓對方不敢直視的錯開了視線。

「紫羽呢？」她冷漠的問著，帶火的目光掃向阻擋在門邊的大小姐們。

有人看不慣她的傲慢，硬是擋在她前行的路徑上，雙手環胸就是不讓開——那正好是最一開始挑釁她，結果卻被她羞辱的那位大小姐，碧珊。

「怎麼？女王大人要來找她的奴隸敘舊，還需要妳關心嗎？還是妳今天也想來幫女王大人清理她的鞋子，決定要認輸了？」她開口便是嘲弄，引來其他大小姐附和的笑聲。

君兒只是冷冷的看了她一眼。

微弱的哭泣聲從討論室裡頭傳出。

女王似乎享有許多特殊待遇，不管是上課或是用餐她都能不用出席。

所以這段時間女王並未介入她跟紫羽的親近，卻沒想到在她跟紫羽變得友好之後，竟出面欺辱紫羽？！

這是算計好的嗎？

如果是的話，這位女王當初怕也是用這樣的手段讓蘭臣服的。君兒暗自為她的心機感到戒備，更因為擔心紫羽而焦躁了起來。

就在雙方僵持不下時，討論室緊鎖的大門敞開，走出一個人。所有人的目光都聚焦在那人身上。

那是蘭，此刻她的模樣萬般狼狽，凌亂的髮、眼角的淚、還有臉上的憤恨，無一顯示著她方才在裡頭遭到了什麼樣的對待。她深藍色的眼冷酷的看向君兒，皺了皺眉心，冷言丟下一句：「廢物，女王找妳，如果妳不想紫羽跟我一樣的話，就進去吧。」

君兒知道一旦走進去，事情走向就不能由她掌控了。可如果女王緋凰要用紫羽來威脅她，她還是會選擇自尊，絕對不會低頭的！

冷哼了聲，君兒瞪了那些阻擋她前進的大小姐們一眼，那些大小姐們紛紛讓開。

隨著人群退開，君兒看見跪倒在地，捧著臉龐哭得很傷心的紫羽，她身上的秀雅服裝上有著無數的腳印子，顯然方才被人踩踏了番。

她一見君兒進門，便哽咽的開口輕喚君兒的名，卻說：「君兒……對不起。」那雙漂亮的淡紫色眼眸寫滿愧疚，沒有手掌遮掩的臉龐上更是浮現一抹豔紅色的巴掌印。

在她身後，那位擁有絕美容貌的女王緋凰，正端坐椅上，雙手互握撐在桌面，饒有興致的打量著君兒。君兒也不甘示弱的給予毫不畏懼的眼神。

久見君兒沒有開口詢問任何事，緋凰揚起粉唇，神情傲慢。「現在我給妳一個選擇：跪下來求我，宣示妳將成為我的奴隸，我就放過紫羽，不然我不介意動用我擁有的權力，將紫羽關到小黑屋受處罰。我相信妳一定捨不得讓紫羽這樣一個天真可愛的女孩子，在那濕冷陰森的地方待上三天吧？那可是會在人心裡留下精神創傷的哦。」

然後她停了一會，卻是嘲諷揚笑：「如果妳不願意，妳大可以調頭離開，我不會阻止妳，之後我還是會接受妳成為我的手下，就像外頭那些美麗的小花們一樣。」

她很清楚如何打擊別人的弱點，尤其對上君兒這樣傲慢卻重感情的人，友情自然成了君兒的弱點。當然，在這全都是女孩子的環境裡，能對別人付出友情是一件美好卻也殘酷的選擇。

跟在君兒身後走進討論室的蘭，若有所思的看了君兒一眼。

敞開的大門讓外面的所有人都能看到討論室裡發生的事情。

君兒壓抑怒氣。她看著淚流滿面的紫羽，心裡是又酸又痛。酸是因為自己跟紫羽友好沒想到會替她遭來禍事；痛則是因為自己的無能為力，沒辦法替紫羽討回公道。

她惡狠狠的瞪向座位上的緋凰，這位女王果真頗有女王風度。光是坐著不動也能帶給人一種無形的壓迫感。

她早有預料自己遲早會跟這位女王發生衝突，但這跟預料中由她主動挑釁的情況大相逕庭。女王竟意外的主動採取攻勢要她臣服，這打破了君兒原有的計畫。

就在這沉默間，君兒注意到與她對視的緋凰突然移開了視線，看向位於她身後的蘭。

她是個觀察細膩的人，她深思緋凰這行為是刻意為之，還是另有圖謀？

就在她思考的時候，原本佇立身後的蘭卻突然猛地推了她一把，讓她腳步踉蹌的往前了幾步。

君兒不解，回首對著蘭投以困惑又戒備的眼神。

「都是妳害的！我早就警告紫羽不要跟妳作朋友了，結果以前的事情又重演了！現在妳還不快點同意女王大人的要求？小黑屋很可怕的！妳能想像三天要處在濕冷石屋、吃喝是最低賤的乾糧跟飲水、手上還必須套上定時電擊器的感受嗎？那裡是個地獄！拜託，不要讓紫羽進到那裡！」講到最後，蘭露出恐懼的神情，顯然對那個被稱作「小黑屋」的處罰地點記憶猶新。

君兒知道那裡，早先就聽露露說過。聽說那是用來懲罰大小姐的一種處罰方式，處在那樣糟糕的環境裡三天，多數出來的大小姐最後都大病一場；少數的大小姐則是需要接受長期的心理輔導，才能走出陰影。

這讓她不由得有些好奇那到底是怎樣的一個所在。

她想起了先前露露主動告訴她關於女王緋凰的事情……

「『女王大人』是家族中唯一的高級商品。她的星力評測可是天才等級的哦，如此天分自然會被家族格外重視，她所使用的物品、居住的環境都是家族大小姐裡最頂級的。身為最高評等的大小姐，家主特別給了她能夠自由將其他大小姐關進小黑屋作處罰的權限，這也是其他大小姐會那麼怕她的原因。而且女王大人的陪練要求是不允許被違抗的，反抗的人也會受到處罰。」

君兒承認自己被成功激怒了，但是跟許多一發怒就失去理智的人不同，相反的她會更加冷靜，這或許是長年在貧民窟長大習得的生存知識，唯有冷靜才有辦法找出可能的方法來。

緋凰雙手十指交錯，托著下顎，等候著君兒的答案。她眼神閃動，思索著君兒可能會做出的選擇。

她可能會頭也不回的離開，從此背棄紫羽的友情；又或者會像蘭一樣，忍住屈辱，為紫羽低下驕傲的頭顱。但她看過太多第一類型的人了，而第二類真正重視友情的只有一位。那麼，這位傳言中的廢物，會做出什麼樣的選擇呢？

她曾從蘭那裡聽來這位小女生說過的話——

「我永遠不會放棄自己的尊嚴，哪怕我是廢物也一樣。」

那麼到了如今，她是否還能繼續她的堅持，守護自己的尊嚴呢？

「這樣很好玩嗎？」君兒突然問道，語氣冷漠。

緋凰秀眉一挑，笑答：「這可是我唯一的娛樂呢。君兒，妳知道嗎？我對妳很感興趣哦，我想知道妳到底是什麼樣的人。妳會像蘭一樣，為了保護紫羽而選擇向我求饒嗎？還是會像外面那些人一樣，頭也不回的背棄自己的朋友呢？」

君兒看著她審視的眼，然後再來回看著紫羽與蘭。

這時，她注意到，哪怕紫羽正哭泣著，蘭卻始終沒有看紫羽一眼。

為什麼？

她知道紫羽和蘭的關係非常親密，紫羽在提到蘭的時候總是眉飛色舞，也絲毫不掩飾自己對蘭的依賴與仰慕；蘭和紫羽共處的時候，只要有大小姐要來找麻煩，蘭就會很強勢的擋在紫羽身前，代她承受那些惡毒言語。

她們一定非常重視彼此的友情，可為什麼蘭臉上除了鐵青以及似乎是茶水的汙漬以外，沒有應有的情緒？諸如對紫羽的擔憂、對她尚未做出決定的惱火、對緋凰的憤恨——完全沒有！

在貧民窟那種龍蛇混雜的地方活了十四個年頭，君兒自然懂得從人的眼神中看出些什麼。

她仔細思考著，然後轉向了紫羽。

紫羽是個不怎麼能夠掩飾情感的女孩子。當君兒看向她時，她別過頭，伸手遮住自己臉上的巴掌印……

君兒眼睛猛地瞪大，卻是嘴角揚起，她知道了！

蘭之所以不擔心紫羽，是因為紫羽根本沒受傷！

這一切都是一場陰謀，不，或者該說……是篩選或測驗嗎？

如果這一切都如她猜想的那樣，那麼她就賭上一次吧！希望她的猜測是對的！

「如何？快點做出決定，不然我直接讓妳和紫羽都關進小黑屋處罰好了。」緋凰似乎等得有些不耐煩了，看著君兒的神情卻越發深沉。

君兒的心猛地跳了起來，不是因為害怕，而是緊張。

「我記得，大小姐間有『挑戰』這個活動吧？」君兒說道，眼神再度變得堅毅，待她看見緋凰因為她的問話而愕然的同時，抬手指向緋凰，說出了讓所有人為之驚訝的字句！

「我，皇甫君兒，向妳提出決鬥挑戰！」

守在門口的所有人一陣譁然，不敢相信君兒竟然如此猖狂。

「廢物竟然想要挑戰女王大人？」

「不要笑死人了好不好！」

大小姐們發出了嘲弄的笑聲。

露露則是白了一張臉，但君兒的鬼面保鑣卻在面具後頭揚起了欣賞的笑意。

以他的眼力，又怎麼看不出這其中的古怪？

君兒看出了破綻，所以才提出這樣的挑戰宣言！

明知自己可能贏不了對方，別人只會認為她無勇無謀，但他卻知道，這丫頭在替自己製造「機會」了，那為了與對方有更深層次接觸的機會！

「皇甫緋凰，如果妳拒絕，就表示妳自認贏不了我這個小小的廢物而怯戰！不要用什麼地位之分來拒絕我的挑戰宣言，拒絕我，我就當妳是認輸！如果妳自願認輸，就跪在地上向紫羽道歉！」

君兒落下了狠話，讓緋凰不得不為了保住面子接下這場結果毫無懸念的挑戰。

緋凰死死的盯著君兒的臉龐，眼神閃動著訝異和吃驚。她原先以為君兒只是在做臨死掙扎，卻又想到她明知自己會輸，還是選擇要用這種方式挑戰她的可能理由……她是否是察覺到了什麼？

緋凰面上仍舊維持傲慢，嬌笑出聲：「我是不可能輸的。那如果妳輸的話，該怎麼辦呢？」

她暗中試探著君兒，想知道她又會說出什麼驚人之語來。

而君兒也沒有讓她失望。

「那麼，我自願當妳隨傳隨到的陪練沙包！」

此言一出，再引波瀾！

緋凰高深莫測的看了君兒一眼，隨後站起身，一撩肩頭長髮。

「如妳所願。」她神秘的笑著，與君兒交會了眼神後，便繞過了跪地的紫羽，帶著蘭，灑脫的離開了討論室。

外頭的大小姐們都紛紛轉身追上緋凰離去。

緋凰走後，君兒朝著紫羽走了過去，看著一臉傻愣的她，露出淺淺的微笑，「沒事了。」

一句話便讓紫羽眼淚潰堤，她哭的比先前還更傷心，「君兒妳為什麼要挑戰緋凰？為什麼要許諾這樣的宣言？這樣妳以後不就要常常當緋凰的沙包嗎？」

她沒有注意到自己喊的是緋凰的名字，而不像過去那樣尊稱緋凰為「女王大人」。

君兒只是笑著，眼神卻閃動著隱隱光火。

如果這件事真的如她猜想的那樣，那麼，她或許把握住某個重要的「機會」了！

Chapter 17

未來要自己創造

很快的，君兒向女王緋凰發出挑戰宣言的事情傳遍了家族，絕大多數的人都認為君兒不自量力，怕是只有戰天穹才明白她意欲為何了。

露露雖然很為君兒擔心，卻也拿固執的她莫可奈何，只好老老實實跟君兒提醒一些決鬥的相關規則，不過君兒卻有另外一套想法。

「欸？！君兒小姐，您不比學識、不比實戰，那您想比什麼呀？」

君兒正準備提寫要呈交管理層的挑戰宣言，卻意外的空下了挑戰方式，讓露露有些驚訝。

君兒神秘一笑，目光卻是飄向那待在老位置閉目養神的鬼面保鑣。

「我知道自己技不如人，但大小姐規章裡關於挑戰的限制可沒說不能比其他東西……例如，保鑣的實力！」她聳肩，對著看向她的鬼面保鑣露出笑容。

「所以就麻煩你囉，鬼先生。」

戰天穹沉下一張臉，為自己被拿出去比較這件事感到有些不悅。

露露沉默了一會，無奈的說出一件殘忍的事實：「君兒小姐，女王大人的保鑣實力是目前所有大小姐中最強的……」

君兒心中冷笑，她又怎麼可能不知道？但這只是一個託辭和藉口而已。

因為，她打從一開始就沒打算要贏！

雖然心裡這樣想，她臉上還是顯露驚愕，讓露露看得嘆息。

君兒嘟嘴埋怨：「搞不好鬼先生有可能會贏也不一定……」只是她雖然臉上寫著頹喪，但烏黑的眼眸還是水靈水靈的轉來轉去，像是在思量什麼。

「啊！不管了，輸就輸嘛！反正就這樣吧！」最後她佯裝自暴自棄的模樣，飛快的將挑戰宣言寫完透過光腦系統傳了出去，捧著臉龐在書桌前發呆。

＊＊＊

晚餐用畢，露露也結束一天的工作離開了，房間裡頭只剩下君兒和戰天穹。

君兒靜靜的思考著什麼，沒有像以前那樣開口和戰天穹閒聊。

這次打破沉默的卻是一向寡言的男人。

戰天穹知道是時候了，君兒已經得到了他的認可。他利用無形的精神力建立了混淆監控儀器的精神力場，這樣他就能自由的跟君兒對話而不被發現。

「妳想要力量嗎?」

鬼先生微啞的嗓音帶著探詢傳了過來,讓君兒微微一愣。

她有些不敢置信的轉頭看向他,對他突來的詢問感到驚訝和困惑,還有更多的緊張。

戰天穹知道她在擔憂什麼,開口解釋道:「我架設了精神力場,儀器被能量的波動刻意修改了訊號。」

君兒的表情因為這句話而有了片刻停滯,卻明白了戰天穹的意思。幾個月以前他隱晦的向她表達他仍在觀望,或許等她能力得到他的核可,他才會給予協助。莫非自己已經通過考驗了?她眼神閃亮,臉兒因為激動而泛起潮紅。

「鬼先生,我等你這句話可是等了三個月了呢!」君兒開心的說著,心情因為方才戰天穹的提問而開始雀躍飛揚。

她知道這位鬼面保鑣實力強悍,但跟其他保鑣比起來似乎差了那麼一些,可從他能夠架設精神力場的情形看來,這樣精準的控制能力遠遠超乎他表面上的實力等級,莫非他也隱藏了實力?

她知道鬼先生這段時間都在審查她。今天自己終於抓住奇蹟的尾巴了嗎?

因為遮蔽了儀器,戰天穹難得多說了幾句話:「這三個月妳做得不錯。我欣賞妳的堅強與堅持，妳竟然能在這樣奢侈的環境中保持本心很是難得。我當初是有想過，如果妳的個性太過軟弱或是被奢華迷失了心，我便會將妳直接帶離，然後給妳一筆錢讓妳獨自生活，但戰族將不會庇護妳，我們戰族不需要一位心性不堅的弱者，哪怕妳爺爺是戰族子弟也一樣。」

這話，他說得極其冷酷，讓君兒有些不寒而慄，卻也暗中驕傲自己通過了考驗。但她注意到這段話裡頭一個陌生的字詞。

「戰族？這是爺爺的家族嗎？爺爺最後怎麼樣了？」君兒問道，知道現在可以自在的發言，便再難壓抑心中無數的疑問。

「妳的爺爺淚無殤，本名是戰無意，是現今戰族族長的兄長。」

戰天穹平靜的說著讓君兒愕然的事實，她沒料想到爺爺的身分在戰族裡頭竟然會這麼崇高。而能夠以「族」而不以世家為稱的「戰族」，想來在整個人類世界的家族地位中更是高貴，甚至還可能是比皇甫世家更龐大的家族！但為什麼身為族長的哥哥，爺爺最後會落得這般下場？

接收到君兒疑問的眼神，但戰天穹這次卻沒打算跟她詳述太多。「無意的功力被人廢掉了。他不是得了什麼疾病，而是被廢去功力後留下的暗傷。」

君兒抿起唇，驚訝和憤怒已經不能形容她的情緒。

「是誰？」她咬牙切齒的問著，眼裡透出的凶光像是想要把害慘爺爺的那人碎屍萬段。
「等妳能夠自己離開皇甫世家，我再告訴妳。」
君兒深吸口氣。她知道自己實力太弱，還不值得鬼先生告知陷害爺爺的是何方人士，因為就算告訴了她，她也無能為力。她必須要變強！這樣遇到害死爺爺的凶手她才能為爺爺報仇！
她慎重的看向他。「那你能怎樣幫助我？」
從方才鬼先生的話語中，她聰慧的明白鬼先生並不打算直接帶走她，而是要她自己靠著自己的力量離開，那麼他將如何給予她協助？
戰天穹朝她走了過來，抬手就是搭上她的額心。君兒感覺到那厚實掌心傳來的溫度，臊紅了臉。而看著臉兒紅撲撲的君兒，戰天穹乾咳了一聲，稍微別開了眼，不去看少女嬌俏的容顏。
「知道精神通道嗎？」
「哦，這個我知道！爺爺有跟我說過，那是在一定距離內可以直接用精神力跟指定對象對話的方式吧，是比通訊科技還厲害的高階精神力運用技巧。」
「不要抗拒。」戰天穹突然冒出一句話，也就在同時，他的掌心變得熱燙。君兒只感覺有一股溫熱的陌生力量鑽進自己腦海，有些刺痛。正當她想詢問，戰天穹卻收回了手掌，退了開來。

（我在妳身上留下了我的精神力，以後就用這樣的方式說話吧。）鬼先生沒有說話，這句話是直接在她腦海裡響起的。

君兒對這樣的對話方式感到驚喜，這樣就不怕會被竊聽，還能隨時對話，便嚷著她也要學，而戰天穹只是高深莫測的看了她一眼，沒有回答。

（從今天開始，我會用這樣的方式提點妳的星力修煉，並在晚間指導妳一些戰鬥技巧。）

「好！那現在開始可以嗎？」

君兒恨不得馬上開始，卻被戰天穹冷冷的瞪了一眼。

（首先我要要求妳做的第一件事，就是妳要在聽到我傳訊時保持絕對的平靜，不要讓別人從妳的表情中看出端倪，更不要想回答我，妳只需要聽。）

戰天穹嚴肅的警告，讓君兒「哦」了一聲，但還是難掩她喜悅的心情。

而看著君兒這樣雀躍的笑容，戰天穹不知怎地，竟鬼使神差的說出了那麼一句話。

（如果妳能在兩年裡成功的進階行星級，我就直接幫妳強制喚醒精神力。）

才剛說完，戰天穹又被自己完全沒思考就說出來的這番話給嚇著了。

為什麼會如此自然的做出這樣的決定，還絲毫沒有感覺後悔？他這是怎麼了？

替別人強制開啟在更高階層才能自動覺醒的精神力，是需要耗損自己的精神作為代價，這可是只有極為親近之人才會為對方做的事情，為什麼他竟然自願如此？

不過他答應過的事是絕對不會反悔的，那就索性這樣決定吧。只是還不曉得這丫頭能不能在兩年內達到他的要求，以她慢了十多年才重新開始修煉看來，怕是需要付出更多倍的努力才辦得到了。

「覺醒精神力……！」君兒已經驚呆了。

精神力的自主覺醒要恆星級以後的等級才有可能，但那是必須要前往新界才能抵達的位階，原界最高等級也就是行星級。而鬼先生竟然能直接幫她強制開啟精神力，天啊，這是要怎樣可怕的實力才能辦到的事情？

為了能順利擁有精神力，她一定要更加努力才是！

戰天穹打算現在先指點君兒一些技巧，他抬手一揮，一道無形的「領域」施展了出來。

君兒感覺到四周星力的變化，面露愕然。

（……這是「領域」，等成就「星海級」妳也能夠擁有。簡單的小型領域可以用來阻隔能量外洩。）

「領域！」君兒差點尖叫出聲，旋即她無比震撼又嚴肅的審視眼前這位神秘的鬼面保鑣，「所以，鬼先生真正的實力並不只恆星級囉？」

看著那雙帶著淡淡笑意的赤眸，君兒知道鬼先生這是默認了。

天啊，她竟然在原界看到了星海級的強者耶！以前聽爺爺說過新界強者的強悍，現在眼前竟站著這樣一位！

沒想到爺爺的家族派出了這樣的強者來協助自己。君兒心裡可說是既感動又感慨，同時也對爺爺為什麼會離開家族感到困惑，但可能還是得等她離開了皇甫家，鬼先生才會告訴她這其中隱藏的真相了。

君兒放下疑問，專心投入戰天穹解釋基礎的修煉介紹中，那比坊間的介紹更加詳細，雖然爺爺也跟她講述過，卻因為她那時無心修煉，所以爺爺只是概略的提及。

聽完戰天穹關於星力修煉基礎的完整版本，君兒過去的許多困惑都一一得到了解答。

在她努力吸收知識的同時，也不僅佩服鬼先生的學識淵博，可以從多方面點出她的不足和缺失，這正是她需要的。

戰天穹看了看君兒，提醒道：「教妳這些，是因為我不會出手幫妳逃離皇甫世家，我要妳靠自己的力量，用妳的方式離開這裡。如果妳辦不到，妳可以選擇我先前所說的那樣，我直接帶妳離開。」

君兒清楚她擁有皇甫世家的特殊天賦，若是實力不濟，遲早還是會被抓回來。那還不如好好提升自己，讓自己擁有足夠強悍的實力可以決定自己的人生！

誰叫這個世界無論過去還是現在、未來，實力、權勢和財富，決定了自己的一切，甚至能掌控他人的命運！先不說爺爺的家族未來是否能庇護她，實力將會是她唯一能掌握在手裡的力量。

「我選擇變強，我要靠自己離開！雖然以前爺爺沒有強制規定我一定要修煉，但相信他一定也不希望我被人欺負。我的命運，我要自己掌控！我的未來，我要自己創造！」君兒堅定的說著，眼裡閃耀著比辰星還要燦爛奪目的光輝，讓戰天穹再難移開視線。

「鬼先生，謝謝你給我這個機會，相信我會帶給你驚喜的。」君兒雙拳緊握，神采飛揚的說著。

「妳那麼肯定自己一定辦得到？」戰天穹淡笑，他不認為君兒真的辦得到。她的起步太晚，哪怕有控制能力在身，困難度也非常高。他雖然提出這樣的要求，心裡卻已然打算無論君兒最後能達到什麼程度，他都會帶她離開，並讓戰族庇護她。

「我從來不會懷疑自己的決定，與其費功夫懷疑，還不如專注在實踐成功上頭囉。」君兒小臉上滿是對未來的期許與堅定。

「如果失敗了呢？」戰天穹饒有興致的問著，想知道她會如何回答。

君兒粲然一笑：「那就坦然接受失敗，繼續往前走呀。每一次的經歷無論好壞都是人生的累積，然而這份累積將會成為成功的基石！所以我不怕失敗，我明白每一次失敗會讓我距離成功更近！這是小時候爺爺告訴我的，也是我最喜歡的一句話哦。」

隨後她俏皮的眨了眨眼，「我相信以鬼先生的實力，教出來的學生想必不會差到哪去吧？而且我可是擁有罕見的控制天賦唷，不能教好我，這樣鬼先生對得起武者的尊嚴嗎？」

這丫頭，連武者尊嚴都拿出來壓他了。戰天穹苦笑了聲，知道君兒是要他不要藏私，好好打磨她。

「我可是很嚴苛的。」

「哼，我還怕你會對我放水呢！」君兒皺皺小鼻子，威嚇似的揮舞著小拳頭。

戰天穹看著少女對自己露出笑容的模樣，以及那雙古靈精怪的眼眸，心裡頭似乎有根沉寂已久的弦被挑動了。也許就是這樣單純的信賴讓他覺得滿足吧？他只能這樣解釋心裡那柔軟的情緒，不願去想其他的可能性。

毛蟲羽化成蝶的時候也要靠自己的力量破出繭蛹，修煉和成長也是如此。只有這樣，這小丫頭才能成長得越加強悍堅定。他已經有些迫不及待想要看看她會成長到哪種地步了。

這是一種難以言喻的情緒，真要講的話，他對君兒的感覺，從一開始的審視好奇，到現在有種難以言喻的複雜情感。

喜歡被她信任依賴的感覺，現在卻又多了一絲期許和莫名的渴望……

Chapter 18

女王的生日宴會

不知不覺，時間飛快的過去了，戰天穹主動結束第一次的修煉交流。

為了不讓監控室注意到異狀，他精準的掌控保鑣守護大小姐的適當夜間時間，若是太超過就會被人懷疑了。

不過君兒還有些意猶未盡，在聽了戰天穹解釋了她最感興趣的符文技巧以及如何遮蔽修改訊息之後，便埋怨道：「如果每天只有這樣的時間可以利用實在太少了，不能改成睡眠後鬼先生再利用精神力遮蔽監控儀器嗎？這樣就不用顧慮時間的問題了，可以的話，我希望每天花更多時間在修煉上。」

戰天穹只是挑眉，道：「妳這黃毛丫頭若想長大，睡眠是不可缺少的，而且若是我一個晚上訓練妳三、四個小時，就表示妳的睡眠時間會大大縮短……妳有那個精神撐下去嗎？」

君兒輕哼了聲，因為戰天穹小看她而有些生氣。她雙手叉腰，嘟著小嘴抗議：「不是才說你很嚴苛嗎？怎麼連這點都不肯要求我？對於你的問題我想了一下，現在我這個年齡至少要睡六到八小時，而規定的就寢時間是從十點開始，那麼訓練時間就控制在三小時內好了，然後等我再長大一些就可以慢慢加長……討厭，第一次覺得每天的時間都不夠用！」

她頓了頓，看向戰天穹，眼裡是堅定難撼的意志。

「你就對我嚴格點吧。而且我聽爺爺說過，武者有一套特殊技巧，是能夠在極短時間讓身體陷入深沉睡眠快速恢復體力吧？我希望鬼先生能教我這個技巧，我要爭取更多的時間！我已經比別人落後很多了，得加倍努力才行。」

戰天穹沉默的與她對望了會。最後他輕輕點頭，算是同意了君兒的要求。相信沒有人不喜歡這樣認真向學的學生，尤其是願意對自己有更高要求的學生。

「好了，就從明天開始吧。早點睡。」說完，戰天穹一個抬手就想撤去領域和精神力場。

「等一下！」君兒大聲阻止道。

「這段時間一直沒有向你正式的自我介紹真是抱歉。我是淚君兒，以後請多多指教。」君兒說著離開了座位，然後行了個標準的淑女禮節，向戰天穹正式的自我介紹。

「不曉得我是否有這個榮幸知道鬼先生的大名呢？」她俏皮的眨了眨眼，等候著戰天穹的答覆。

看著少女一臉好奇的模樣，戰天穹突然有種自己被搭訕的錯覺。揮去心中的胡思亂想，他給出了回答：「天地蒼穹，戰天穹。」

才剛說完，戰天穹又在心裡苦笑了。知道自己對這丫頭的戒心似乎開始明顯的鬆懈了，他已經為她破了自己好幾個規矩。現在很多的族人都不知道他的真名，他竟然這麼自然的就把自己的名字說出去？

自從發生了那件事後，他已經沒有資格在祖譜上留下紀錄，只是一抹幽魂，所以族人小輩只知道他的自稱「鬼」，戰族的惡鬼……那是他永生的罪、無能彌補的痛。

不知為何，自己總會在這丫頭的笑容下鬆懈防備。不過這樣也好，有那麼一個人願意對自己微笑，是過去的他難以求得的事。

「天地蒼穹，戰天穹，很霸氣的名字嘛！不過我平常時間還是稱呼你鬼先生好了。那我可以再問一個問題嗎？」君兒輕笑，臉上寫滿好奇。

「丫頭，妳的問題還真多。」戰天穹有些無奈的回應著，卻沒有對多話的少女有一絲厭煩，反而喜歡這樣跟她閒聊的感覺。

「你是那天在雨中跟我巧遇的那個人嗎？」雖然她早猜到鬼先生就是雨中的那個人，但還是希望能得到一個肯定的答案。

「……那時的妳活像個乾扁男孩，現在終於像個女孩了。」戰天穹淡然一笑，沒有正面回答卻也給出了答案。

然後，他不再給君兒繼續提問的機會，揮手撤去了領域與精神力場，留下了一抹滿是笑意的眼神，便回到保鑣居處了。

君兒靜靜的看著他寬厚的背影消失在門板後頭，眼裡有著自己瞧不見的依戀。

＊＊＊

隔日，新的一天開始。

君兒提交的挑戰宣言得到批准。不過因為原本她預定的挑戰時間，跟接下來的女王生日宴會湊得太近，最後由女王緋凰將挑戰時間改至一個月後，美其名是給君兒掙扎的時間，其實也是為了宴會作緩衝。

挑戰將會在緋凰居處的私人訓練場舉行。

就在君兒對自己的未來充滿希望的時候，露露帶來了一個讓君兒有些訝異的消息。

「什麼？女王的生日宴會要改成聯誼晚宴？」

這什麼鬼？君兒扯著嘴角，對「聯誼」這個字詞很是感冒。這只是一個冠冕堂皇的藉口，其實就是商品展示會嘛！

君兒嫌惡的冷哼了聲，因自己同為商品之一而感到不悅。

「君兒小姐，這可是您挑選未來白馬王子的大好機會呢！難得這一次家族要舉辦聯誼晚會，雖然說晚宴主角是緋凰小姐，但妳也可以多看看不一樣的帥哥啊。雖然大小姐不能自己選擇丈夫，可若是自己能被喜歡的對象選上的話，這樣兩情相悅的婚姻還是很浪漫的。」露露臉兒緋紅，像是很期待這場聯誼似的。

但君兒明白，這只是皇甫世家用來應付她們這些大小姐的說詞而已。

白馬王子、兩情相悅？君兒對此嗤之以鼻。不過，反正她是最低評等的商品，應該不至於太過被人注意才對。她決定將注意力放在一個月後與緋凰的決鬥上，雖然挑戰的內容是彼此的保鑣比拚，但她也得更充實自己。

「到時候會有很多其他家族的帥哥出席唷！希望會有人欣賞我們家的君兒小姐。雖然君兒小姐年紀還小，不過還是有很大的成長空間呢。」

露露眼神閃亮，上下打量著君兒，讓君兒有種毛骨悚然感。

君兒嫌棄的擺手，眉頭緊鎖。

「最好沒人欣賞我這個廢物才好。」

露露明白君兒的排斥，但身為大小姐，她還是必須出席那場聯誼晚會。

「不出席會受到處罰和扣評鑑唷。君兒小姐還是得打扮漂亮出席才行。嗯，過段時間要帶妳去禮服師那裡製作禮服，還要跟造型師先預約時間，之後可是有很多事情要忙的。」

君兒「嘖」了一聲，皺起的眉心都能夾死一隻蚊子了。「該死的禮服、該死的晚會……」

露露神秘一笑：「那是因為君兒小姐還不知道那些世家少爺有多帥，等妳看到了，一定會喜歡上他們的。」

隨後，露露在君兒耳畔邊低語：「也請君兒小姐不要與其他家族的少爺發生衝突，畢竟那可是家族很重要的商業夥伴。但如果您能多為家族拉攏幾位商業夥伴，家族也會相對給予獎勵喔。」

君兒收斂惱火，冷漠以對，對露露隱晦的警告感到心涼。

獎勵的相反就是處罰，敢情皇甫世家把她們這些大小姐當成公關了。她雖不願，卻也明白現在的自己無能違抗這樣的命運，但更加強了她總有一日要回歸自由的信念。

見君兒保持沉默，露露繼續言述那些世家少爺的好處。

「那天會有很多家族的少爺們來參加。雖然這一次是家族臨時決定要和女王生日宴會一起舉辦的聯誼晚會，可也讓世家間彼此有交流互動。能夠接到我們皇甫世家邀請的都是一些大世家哦，例如慕容世家、西門世家、沃爾特世家……等等的大族唷！這些世家的家族子弟各個都有錢又多金、帥氣又英俊，除此之外更有實力高強的少爺喔！」

君兒對此不以為意，不過聽露露這樣說，讓她莫名的好奇起鬼先生在戰族裡的地位，星海級強者通常已經算是家族的重要成員了吧？而在露露所說的世家邀請名單上，沒有聽見「戰族」的稱呼，這讓君兒不禁猜想戰族和皇甫世家的關係是否並不和睦。當然，她也不敢貿然詢問關於戰族的事情，省得被露露察覺出端倪來。

露露自顧自的繼續說著讓君兒無奈的八卦，卻冷不防的冒出一句：「君兒小姐總有一天也會喜歡上什麼人的，希望那個人會是君兒小姐最後的伴侶囉！」

雖然知道露露那所謂的「喜歡上什麼人」，意指那些世家少爺，不過君兒只是冷漠以對，她不認為自己真的會喜歡哪個世家少爺。

她眼神不經意的瞟向在一旁閉目養神的鬼面保鑣，然後因為自己這樣的反應而臊紅了小臉。

露露正陷入自己的粉紅色思緒裡頭，沒有注意到君兒看向鬼面保鑣的那一眼，誤以為她的臉紅是默認了自己的話語，便更積極的向她推銷一些世家少爺的好處，哪知君兒想的跟她所想的根本不是同一件事。

＊＊＊

皇甫世家仗著財力豐厚，在短短幾天內就安排好了一切，將原本的生日宴會擴大成聯誼晚宴，飛快的布置好場地，雖然倉卒，卻井然有序。

後來君兒應證了自己的猜想，這場聯誼不僅是各家族互動交流的時間，更是皇甫世家為了推銷成年的女王緋凰和其他大小姐而特別舉辦的宴會——也順便可以炫燿家族財力與展示商品的最佳時機。

而在這段時間內，所有的課程都暫停，讓大小姐們有時間準備禮服與裝扮自己。

多數的大小姐都很期待這次的宴會，不僅可以穿上美麗的服裝，還會有各大世家的少爺子弟前來。每位少女都夢想著能夠找到自己的白馬王子。

當然，也有人除外。

這是君兒第一次參加這種正式的宴會。她這段時間雖然開始像個女孩了，但可惜整體發育還是落了別人一截。設計師為了搭配她的身型，替她準備了年輕可愛的少女風禮服，不像其他較年長的大小姐是走性感高貴的路線。

當然，她並不孤單，紫羽和她年紀差不多，那純真的氣質自然要搭配少女風格的禮服才能突顯紫羽的特質。

當她們兩人並肩站立時，一個天真、一個冷漠的氣質，有著強烈的對比反差，總會讓人駐留目光。

就在君兒最後終於全部準備好的時候，紫羽悄悄的扯了扯君兒的手臂。

「君兒，那個……蘭可以跟我們一起嗎？」紫羽有些緊張的詢問，眼睛水汪汪的，就彷彿如果君兒不同意，眼淚馬上就會潰堤一樣。

「嗯。」君兒表示同意。

因為她隱約猜到了緋凰的秘密，而蘭或許就是緋凰暗藏的一枚暗棋。

得到了君兒的首肯，紫羽開心的牽起她的手，順著女僕的指引朝大小姐的準備區走了過去。

君兒看著自己一身嬌俏可愛的裝扮，有些感嘆——鬼先生看不到啊。為了讓大小姐能夠自由與其他世家的少爺互動，保鑣都被派遣到外頭去守衛會場了。

不曉得鬼先生會不會喜歡她這樣的裝扮？

女孩子總會希望自己重視的人讚美自己，而現在被君兒重視在心的，無疑是那如師父長輩般的戰天穹了。

隨著晚會的開始時間將至，大小姐們一一聚集準備區，開始互相比拚自己今天的裝容。

君兒看著一群衣著華美的大小姐在那爭奇鬥豔，不由得有些眼花撩亂。

過去她生活在平凡又困苦的貧民區，根本不可能參加這種高級的晚會，更別提每位大小姐身上佩戴的珠玉寶石，還在燈光下閃耀著璀璨的光輝，看得她有些目不轉睛。

她和紫羽因為是最低評等，被配給的首飾不多，索性她們兩人乾脆都不佩戴了，流露少女單純自然的特質。

當音樂聲響起，準備區的大門也打開了，大小姐們每個人都急切的想要離開這恍若牢籠般的空間，往開闊的大型庭院走去。

這時，一位女性朝君兒和紫羽走了過來。她一頭湛藍色的髮絲高盤腦後，一身魚尾深藍的連身長裙突顯出了正在發育拉拔的身型，這讓她吸引了不少人的目光。

君兒看著眼前這位優雅又冷漠的女性，感嘆化妝和服裝竟能讓一個人產生那麼大的變化，更感嘆自己竟然這輩子有機會成為其中之一。

蘭看了君兒一眼，對她裝扮後的模樣有些驚豔，卻還是冷淡的說：「不想惹事的話就跟我來。」

君兒眉一挑，毫不畏懼的跟上蘭的腳步。她謹記課程上過的淑女禮節，腳步優雅的邁開前行。雖然君兒並不是什麼絕色美人，但她眼神閃動的神采以及罕見的黑髮黑眼，讓她有點特別，還是有幾個世家少爺注意到她。

突然，紫羽抓緊了君兒的手臂，顯得有些緊張。

「又是那討厭鬼。」蘭的低聲咒罵傳了過來。

君兒看向她們所注視的方向。

一位年輕的男性走了過來，揚著虛偽的笑容，讓俊帥的容貌略顯陰冷。

當他注意到過去未曾見過的君兒時，他稍微一愣，隨後又面露笑容的打起了招呼：「許久不見，蘭小姐、紫羽小姐……這位黑頭髮的女孩是新來的大小姐嗎？」

他看著君兒，眼神閃動著好奇和赤裸裸的審視。

那打量物品般的冷漠目光，讓君兒感覺厭惡。

「慕容吟，早跟你說別來騷擾紫羽了。」蘭冷聲警告，微微側身擋住了對方的視線。

蘭的話語讓君兒明白紫羽的緊張從何而來了。

「哦？我並無惡意，只是想要再多認識大小姐不行嗎？蘭小姐，不為我介紹一下新人嗎？」慕容吟的目光在貪婪的掃過蘭的一身裝扮後，落到了她身後的君兒身上。

「罕見的黑髮少女，雖然不是緋凰那等級的大美人，卻也是了不得的上等商品呢。我是慕容吟，原界慕容世家的繼承人，不曉得小姐的名字是？」慕容吟優雅的行了個紳士禮，在提及自己的身分時，卻絲毫不掩飾自己眼神裡的睥睨。

君兒沒有回應他，只是微揚下巴冷漠的看著他。

君兒的冷淡出乎慕容吟的意料之外，這讓他多留了份心眼。

蘭見慕容吟的眼神好奇更重，眉頭一皺，代君兒做了回答：「這是君兒。她跟紫羽一樣是最低評等。慕容少爺，像你這樣身分高貴的存在，她們怕是沒有資格與你親近交流了。」

此時，四周有不少大小姐正目光炯炯的看著他們四人。

這位慕容世家的大少爺可是皇甫世家最重要的商業夥伴之一，能夠與之攀上關係，甚至是讓慕容吟欽點為未來的妻子，不僅自己在家族的待遇會大大提升，未來更是衣食無憂，富貴一生。

打著這樣的主意，不少人看著君兒三人的目光顯得有些嫉妒、仇怨，像是痛惡她們搶去了她們應有的風光似的。

蘭原以為這樣的說詞就能夠讓慕容吟放棄他對君兒、紫羽兩人的好奇，卻沒想到他竟然直接越過她，直朝君兒走去。

紫羽更是緊張了，身子全往君兒身後縮去。

君兒絲毫不畏懼的與慕容吟對視，一手還小心的護著身後的紫羽。

君兒怎麼也料想不到，因為自己的冷漠，反而激起了對方的好勝心還有征服欲。

「君兒小姐，不曉得我是否有這個機會能邀請妳跳今晚的第一支舞呢？」慕容吟有禮的詢問，眼裡滿是興味。

而關注她們的大小姐們在聽到慕容吟對君兒的邀舞後，紛紛瞪向君兒，道道灼熱的目光像是要把她洞穿似的。

「我不會跳舞。」君兒委婉的拒絕了慕容吟的邀請。

「我教妳。」慕容吟不死心的說著，狀似很有耐心的打算親自指導君兒。

君兒深吸口氣，第二次的開口拒絕。

「抱歉，我不需要。」

「君兒小姐是因為第一次參加宴會被邀舞而害羞嗎？不用擔心，相信妳很快就會喜歡上這樣的宴會了。」慕容吟誤以為這是君兒為了吸引他注意力的方式，有趣的看著君兒臉上的抗拒神情，就想從那張冷淡的小臉上看出什麼來。

只是慕容吟這番虛偽的示好卻沒能換來君兒同樣的回應，雖然露露的警告言猶在耳，君兒卻說出了讓所有人都傻愣當場的語詞。

「我不要，因為我討厭你！」

君兒臉上的厭煩毫不掩飾，她是真的反感彼此這樣虛偽的應對方式，決定不再拐彎抹角，直接坦率的說出自己的想法。

眾人紛紛倒抽口氣，沒料想君兒竟會說出如此無禮直白的話語，甚至連慕容吟都傻了，顯然未曾遭遇過這樣的對待。

「請你走開，我和我的朋友想去旁邊休息。」一不做二不休，君兒繼續語出驚人的說著，同時強硬的拉著身後的紫羽往人較少的地方走去。

蘭看了慕容吟一眼，便旋身追上君兒兩人。

「妳麻煩大了。」蘭語氣戲謔的說。她因慕容吟臉上的尷尬而感覺爽快。

「管他去死。」君兒有些粗魯的回答。她才不要跟別人跳舞呢！一想到要跟陌生人有肢體接觸，她就一陣雞皮疙瘩。

「等等——」

身後傳來男人不死心的喊聲，讓君兒更加快了腳步。

君兒不知道自己對待慕容吟的態度，竟讓慕容吟對她印象深刻。

她剛才做了個錯誤的決定，這下子得罪了慕容吟，就不知道家族會怎樣處罰她了。

算了、算了，反正事情做了就是做了，兵來將擋、水來土掩吧！

就在此時，四周的燈光突然暗了下來。然後，一道耀眼的燈光打到了宴會庭園中的一處——今天真正的主角要出場了！

美麗的緋凰進入會場。

Chapter 19

嫁給你好不好

宴會大多都是上流社會的人們互相比較金錢與勢力地方。君兒對此全無興致，只是拉著紫羽在旁邊吃吃喝喝。她絲毫不在乎別人看待她的異樣目光，只想滿足自己的口腹之欲——天曉得這段時間她吃蟲子餐都吃到煩了，難得可以吃到那麼精緻的美食，怎可能就此放過？

紫羽像是感染了她的自在一樣，也夾了些美食秀氣的品嘗。

而慕容吟在吃了閉門羹之後，也難得沒有像過去騷擾紫羽那樣來糾纏君兒，雖然蘭對此感覺古怪，卻也因為落得清閒懶得深究。但是君兒總是在無意間發現慕容吟打量著自己，這讓她有些煩躁，不安在心裡蔓延。

隨著時間越來越晚，宴會也倒數著結束，君兒以為這一次能順利平安的度過，沒有想到慕容吟卻又不死心的纏了過來。

他隨手在庭院裡摘下了一朵鮮花，惹來不少女們的尖叫和吶喊。

他越過重重人群，朝君兒走了過來。

嘆了口氣，君兒想要轉頭就走，但礙於先前自己可能已經惹得皇甫家不愉快了，她勸說自己隱忍一回。

慕容吟笑著，站定三女面前，卻意外的，將花兒遞給了紫羽。

「紫羽小姐，妳就跟這朵花一樣美麗。送給妳。」

「哦、哦……謝謝……」紫羽怯生生的接下了花朵，臉兒泛紅顯得有些不知所措。

接著慕容吟看向君兒，露出一抹邪肆的玩味笑意，讓君兒心中警鈴響起，她馬上想往後退去，卻被慕容吟強硬的拉過手心。在所有人的驚呼下，他彎低身子在君兒手背上落下輕巧一吻。

君兒的臉色鐵青的可以，若不是因為先前被露露一再警告，她早就直接一拳揍黑這男人的眼眶了！

慕容吟眼神輕輕掃過君兒緊握在身側的另一隻手，嘴邊揚起一抹發現有趣玩具般的燦爛笑容。而他這樣的笑顏，惹來不少大小姐對君兒的嫉妒目光。

「君兒小姐，我喜歡妳的直爽和火辣的脾氣，希望明年妳還是一樣的潑辣可人。」

「你去死！」君兒因為慕容吟的話，臉色黑得徹底，很不淑女的口出惡言，讓慕容吟嘴邊的笑意更深了。

她惱火的抽回被抓住的手，扯過長餐桌上的絲質桌巾狂擦手背。

而她臉上的嫌惡讓慕容吟看得眼神森冷，但儘管如此，他臉上仍掛著那副優雅完美的笑容，似乎君兒的憤怒只是小女孩在鬧彆扭。

在場大多數的人都知道這位慕容少爺的秉性如何，就當作是看了一場戲，沒有多加理會。但大小姐們對君兒的憤恨更深了。被青睞還這樣傲慢囂張，君兒在大小姐們心中的評價又更多了一點：狂妄自大！

雖然她以前就是大小姐們的眼中釘，可慕容吟這番作為無疑讓她往後的日子更加難過了。

＊＊＊

宴會結束，君兒拿著一條紫羽遞給她的帕巾狂擦手背。露露一臉痛惜，卻不是擔心她泛紅的手背，而是可惜她竟然拒絕了慕容少爺的善意。

「君兒小姐，慕容世家可是原界一方大族，慕容少爺更是慕容世家的分家繼承人，這麼好的機會您應該要好好把握才對！怎麼可以口出惡言呢？這下子不知道家族會怎樣處罰您了啦！」

「我管他是什麼身分！我就是覺得噁心不行嗎？」君兒柳眉緊顰，手背都被擦得泛疼。心裡是委屈也是惱火，這樣只能受到別人擺布的感覺，讓她心情差勁透了！

戰天穹靜靜的跟在她身後，不知道在思考些什麼。

露露大翻白眼。「君兒小姐，您這樣真的是太誇張了啦！要知道，幾乎所有的大小姐都想嫁給慕容少爺耶！您能得到他的欣賞，是很了不起的一件事情唷！搞不好以後您還可能成為慕容家族的少夫人。這樣不好嗎？」

「我才不要！」君兒氣得眼眶泛紅，就差沒想把自己的手掌剁下來了。

露露無奈的嘆息了聲，卻說：「君兒小姐妳遲早得習慣的，看樣子您現在還是不太能適應在皇甫家的生活呀。」

回到房裡以後，露露打發走鬼面保鑣，幫君兒卸下髮型與裝扮，不斷用未來可能獲得的地位、財富與權勢試圖洗腦君兒，而君兒從一開始的反抗和嫌惡，到最後漸漸變得冷漠麻木，像是默認了自己這樣的人生，當她臉上的抗拒和厭惡淡去，露露這才頗是滿意的暗自點頭。

女僕身為監視者，同樣也肩負著洗腦說服的工作，透過這樣一次次潛移默化的觀念灌輸，相信君兒遲早會習慣這樣的生活的。

「君兒小姐，相信您是個聰明人。既然無法離開家族，那就換個方式掌握自己的人生吧？」露露不經意的輕觸君兒耳上的符文耳環，暗示這個東西掌控著她的性命。

君兒沒有回答，只是坐在化妝台前，愣愣的看著那卸了妝，從天鵝變成醜小鴨的自己。可以的話，她希望自己能永遠當醜小鴨，然後找一個跟自己一樣平凡的丈夫，攜手共度一生就好。

她逕自看著鏡中的自己出神，完全沒有聽進露露的警告，甚至連露露什麼時候離開都不知道。

（時間到了，準備一下。）

腦海響起了男人的聲音，這才讓君兒回過神來。她看了看時鐘，自己竟不知不覺發呆到「準備睡覺」的時間了。

雖說是準備睡覺，其實只是做做樣子，假裝自己躺上床休息，然後鬼先生就會利用精神力場遮蔽監控儀器，接下來就是她一整天唯一能夠自由活動的時間了。

只是今天，先前的事情讓她感覺十分疲累，但儘管如此，鬼先生仍舊不會對她放水或讓她休息的，因為這是她自己要求的。

她決定要好好學習，把注意力從這件糟糕透頂的事情上頭轉移。

＊＊＊

就在一天的修煉結束後，君兒的精神顯得有些萎靡。或許是信賴的人正在身邊，所以她放下了防備，毫無顧忌的將自己的脆弱、疲倦和無助的情緒釋放了出來。

「我好累……」在昏暗的房間裡頭，少女哽咽的聲音顯得如此寂寞。

戰天穹只是沉默。今天在宴會上發生的事情他全都知道，他也知道人的忍耐是有極限的，明白君兒的堅強到達了極限，是時候該釋放自己的情緒了。

他沒有勸說也沒有開口安慰，只是沉默的站立一旁，給予安靜的守護。

君兒抬手扯住他的衣角，說了聲「借我靠一下」，還不等戰天穹同意她就逕自湊近他懷裡。

君兒的動作讓戰天穹猛地僵硬了身形，卻沒有推開。

她靠在戰天穹懷裡，放縱眼淚滑落，嗚咽出聲。

就在她哭泣了一會後，一隻溫暖的大手輕輕落在她的背上，像哄孩子似的輕拍著。

戰天穹輕輕嘆息，低語了聲：「我在這裡。」

這樣算不上是安慰的一句話，觸動了君兒原本緊繃到極限的心弦。原本細弱的哭泣聲變成了嚎啕大哭，像是要將這些日子隱忍的痛苦全都發洩出來。小手死死揪著戰天穹的衣物，這樣能讓她感覺安心。

因為君兒的哭聲，戰天穹心裡不由得泛起微微心疼。除了來到皇甫家中最初的幾個夜晚她還會偷偷哭泣，決定目標的她，後來連面對其他大小姐的辱罵都不曾將自己的脆弱展現出來。

但或許就是因為那堅強外表下深藏的脆弱，才會讓人更加心疼。

「謝、謝謝，我心情好多了……」哭了一會，君兒終於不再流淚，眼神也恢復了光彩，不過她卻沒打算離開戰天穹的懷抱，反而反手摟住男人的腰側。她吸吸鼻子，忍不住在那結實的胸膛上蹭了蹭，像隻正向主人撒嬌的可愛貓兒一樣。

不過這倒是讓戰天穹再度僵直了身子。他不習慣少女這樣親密的動作。

「以前難過的時候爺爺都會給我抱抱，現在爺爺不在了……」君兒揚起頭，可憐兮兮的望著戰天穹。她看不見他的神情，卻能透過面具看見他的眼神。

此刻那雙赤眸裡頭寫滿了尷尬和掙扎，可並沒有推開她。

其實鬼先生是個很溫柔的人呢。

看著君兒賴在自己胸前不打算離開，戰天穹乾咳了聲，提出警告：「放開。」

他的聲音啞沉，不難聽出在壓抑什麼。他原本只打算觀察和訓練這丫頭，而他身上的詛咒更讓他更不敢有任何的非分之想。面對心中隱晦的心思，他不敢去探究。這樣既想逃離又想接近的感覺令他困惱，現在只能先保持距離，省得他被那揪心的情緒鬧得不得安生……

君兒嘴一嘟，輕笑出聲，配著先前因為哭泣而泛紅的鼻頭，不知為何竟讓戰天穹覺得很可愛。

「鬼先生你在害羞嗎？」她微偏腦袋，好奇的問著。

就在她問完話後，她感覺到男人更加緊繃了身軀，頓時了然，男人確實在害羞。

「鬼先生再借我靠一下下就好……對了，問你哦。」君兒眼眸閃亮亮的，在微暗的房間裡頭，眼底的星光耀眼。

「你有妻兒了嗎？」少女如此問著。

「……沒有。」聽到少女的問題，男人有點困惑。

「那，我以後嫁給你好不好？」君兒雖然對自己的提問覺得害臊，不過她的確是真的這樣想的。

不單單因為對方是她的救命恩人，再加上這段時間兩人之間的互動，她其實也挺喜歡鬼先生的，也明白了這個寡言的男人，他的溫柔是深沉的，哪怕他口頭上無比嚴苛，她總會在那雙赤眸裡看出一些情緒波動。

戰天穹急促了呼吸，在君兒說出問句後呆愣許久。

他心裡交錯的情緒極其複雜，是歡喜也是悲痛——他怕是這個世界最沒資格得到愛和喜歡的人了；他是頭惡鬼，身負詛咒及弒親重罪的罪人！

「胡鬧！」他低吼了聲，憤然推開君兒，頭也不回的快步朝保鑣居處走去，速度之快就像是在逃難。

「鬼先生別走——你在生氣嗎？對不起。可是我真的很喜歡你，比起那些少爺我寧願嫁給你！」君兒動作飛快的扯住他的衣襬。見阻止不了男人前行的腳步，她緊張兮兮的又哽咽了起來。

戰天穹甩手拍落君兒的小手。他回頭，隔著面具怒瞪著那又開始要哭得像小花貓的少女。

他咬牙切齒的冷聲回道：「小鬼，不要跟我開這種無聊的玩笑。」

「為什麼？」她問，眼神堅定的看著戰天穹惱火的赤眸。

看著君兒那堅定不放棄的雙眼，戰天穹心頭一震。他狼狽的別開眼，不願再看那雙讓他心頭顫動的星星之眼。

半晌，戰天穹決定將自己原先接近她的目的跟君兒坦承，希望能藉此嚇退這丫頭。

他語氣變得疏離淡漠：「我接近妳的原因不僅是因為無意的關係，更是因為妳是擁有星星之眼的人。」

「……星星之眼……」

君兒知道戰天穹指的人是她。從小時候開始，每次站在鏡子面前，她就能看見自己眼裡的美麗星星，卻因為沒有人看得見，她總以為這只是自己的幻覺。沒想到終有一日，竟然有人看得見自己眼底的繁星。

戰天穹的語氣變得森寒冷冽：「我身上背負著罪孽及詛咒，為了尋求解脫，我必須殺了擁有星星之眼的人……」

君兒只是靜靜的聽著，眼神專注。她知道戰天穹說的是真的，並非是拒絕她的藉口，因為他的眼神太痛太痛。

Chapter 20

我們彼此約定

戰天穹的回答，讓君兒感到難過。

她是他唯一得到救贖的機會，但他卻沒有選擇將她抹殺，因爺爺的交代而尋來，保護她、照顧她、給她成長的機會。會做出如此選擇，表示他將宗族看得比自己個人還重要。

這男人，溫柔得讓人心疼。

君兒不懂這心疼的感覺能不能稱作「愛情」，但她知道自己是真的很喜歡眼前這個戴著面具的男人。

「『噬魂』，象徵災厄的魔陣噬魂寄體而產生的詛咒。相信妳一定聽過這個詞彙……」戰天穹淡漠的開口，說出這個世間最邪惡的詛咒。

「噬魂」，只要是人類都會聽過這個傳說。

在人類剛踏足新界的時候，有一位人類強者因為接觸了新界遠古的邪惡遺跡而遭到寄生，從此以後他便被遺跡所詛咒，他的血、他的一切替世界帶來了災難。他曾經一度瘋狂，將刀刃指向共同抵禦新界外敵的族人；而凡是只要接觸到他血液的人都將會被詛咒侵蝕成魔，成為噬殺的邪魔……

她沒有說話，只是走向前，抬起手，摘下了戰天穹臉上那嚇人的惡鬼面具。

戰天穹絲毫沒有制止君兒這樣的行為，也不再遮掩自己身上的詛咒狀態，露出一張半面被鐵灰侵蝕的臉，索性一次向君兒徹底坦白。原本他以為自己已經傷透了心，能麻木以對，卻沒想到當摘下面具再度向別人展露真實自己的時候，心還是會痛。

君兒看著眼前擁有刀削般立體臉龐的冷峻男人。那沒了遮掩的臉龐，鐵灰與古銅色的肌膚交錯，給人一種難以言喻的詭譎感，但她卻絲毫不懼，因為她感受到了這男人隱藏的脆弱與傷痛。

「我曾聽過『噬魂』跟那位人類強者的故事，別人總說那個人多可怕、他身上的詛咒多邪惡，但現在我知道那些都是傳言，我認識的鬼先生是一個很嚴肅，可是又很溫柔的人。我不怕你，我知道你不會傷害我。承擔這些，你辛苦了。」

說到最後，君兒眼眶泛淚。想起那個傳說、想起他曾經的遭遇，此時，她看著他渴望愛卻又不敢擁有，只覺得心好痛好痛。

她拉起男人同樣被鐵灰侵蝕的左手，上頭的「靈魂誓約」印記幾乎就與鐵灰融合為一。

感覺自己掌心被那冰涼的小手拉著，戰天穹心頭顫慄，沉啞了嗓音，說道：「跟在我身邊很危險的。」他警告著，語氣疲倦。

「我知道你不會傷害我的。」君兒執拗的說著，心裡萬般肯定戰天穹不會傷害她，他身上的詛咒更不可能！

戰天穹抽回了手，退了一步。「丫頭，妳還小，不懂自己現在說的代表了什麼。忘了妳剛才說過的那些話吧，我會當作沒聽見。別再靠近我了。」

「你……！我是認真的，我不會後悔今天的決定！而且、而且我是真的知道你不會傷害我，包括你身上的詛咒也是！」君兒有些氣惱戰天穹這般冷淡的態度，憤慨的將自己的想法說了出來，卻惹來男人冷酷的瞪眼。

「這世間能免疫我身上詛咒的人怕還沒出生呢。」他轉頭就走，不打算再理會君兒。

看著他離開的背影，君兒心頭火氣上湧，她衝向前，粗魯的扯住男人那頭赤紅色的長髮。在男人惱火回頭的瞬間，另一手攀上他的頸脖，然後想也沒想的，小臉湊近戰天穹被拉低的臉龐吻了上去。

戰天穹看著那張驀然貼近的粉嫩小臉，閃神片刻，爾後在感覺自己唇上傳來隱隱刺疼後才瞬間回神。注意到君兒方才做了啥事的他，登時紅了一張俊顏——他竟然被強吻了?!

君兒緋紅了臉龐，卻是驕傲的雙手叉腰，丁香小舌正舔著唇上的血液，那是方才戰天穹被她咬破嘴唇的血液——但她卻沒注意到，她唇上的血，紅豔中流動著異樣的鐵灰色。

還不等戰天穹惱火咆哮，君兒卻意識一糊，腿一軟便仰後倒去。

「該死！妳竟敢咬我？！我的血可是詛咒傳染源——」

戰天穹臉色一白，面露驚懼的接住軟倒的少女，猶恐君兒被詛咒吞噬心智，成為只懂噬殺的邪魔。但卻意外的，看到少女額上閃現了那個他曾經在她腦海中看見的蝶翼圖騰。

戰天穹一愣，趕緊將她抱起，放到床榻上。

看到君兒沒有變成邪魔，戰天穹鬆了口氣，卻也困惑了起來。

這圖騰擁有能夠抑制詛咒「噬魂」的能力。究竟是怎麼一回事。難道不成羅剎騙了他？

君兒感覺頭暈，卻並不妨礙她思考。

「看吧，我就說你的詛咒對我沒用。」她驕傲的說，還不忘朝戰天穹露出一抹勝利的笑容。只是看著他又惱火又擔憂的神情，君兒不由得為自己方才沒有思索後過的行動感到有點愧疚。

「鬼先生你別生氣，我是真的知道你的詛咒不會傷害我嘛。」她點了點自己額頭眉心。

戰天穹的表情青白交錯，最後再度刷上暗紅。他沉聲咆哮：「……妳這該死的笨蛋丫頭竟敢強吻我？！」

君兒的臉色飛快漲紅，她有些扭捏的對著手指頭，然後說了句讓戰天穹又怒又羞的話。

「好啦，我會對你負責這樣總行了吧？」

該說這句話的人相反了吧？戰天穹惱火又無奈的想著。

「我們就先約好了哦，等我長大、離開皇甫世家後，就嫁給你當老婆！」君兒顯得很開心。

「妳這黃毛丫頭想都別想，我對未成年女孩沒興趣。」

戰天穹見君兒還挺有精神的，在確認她無礙後就想離開。

「欸，幹麼這樣？鬼大叔，我總會長大的嘛。」君兒不死心的想跟上他，卻又因為頭暈而倒回床上。

「等妳長大還是這樣想的話，我就考慮考慮。」戰天穹不認為君兒真的懂得這句話的意思。她的年紀尚小，根本無法分辨愛情與親情。等她未來歷練更多，也認識更多人以後，或許就會忘了她曾經有過這樣的心情。

「嗯哼，人家可是這個世界唯一能免疫你詛咒的人唷，過了這村沒這店了鬼大叔！」

戰天穹一聲輕嘆，沒有再理會她，逕自走回房裡。

君兒朝他的背影喊了聲：「那我們就這樣約定囉！」

房門掩上，君兒沒有得到戰天穹的回答，但她心裡已然做出了決定。

但，一想到自己方才的狂野，忍不住羞澀的拍了拍自己的臉龐，輕吐粉舌，對自己強吻一個成年男人的舉止害臊不已。

「……嗚哦，我竟然強吻了鬼先生。」

現在害羞會不會太遲了？君兒把臉藏到枕頭底下，小腦袋瓜想了很多事情，想著鬼先生、想著方才那個不算是吻的吻、想著自己的未來、想著彼此間的約定……最後她終於敵不過睡意，沉沉睡去。

回到自己的寢室，戰天穹那張總是淡然的臉龐此刻也不再平靜。他開始期待起，君兒實現承諾的那天。但同時也害怕著，未來有一日君兒會對這樣的承諾後悔。

他雙手掩面，情緒激動。而這樣罕有的情緒，使得他泛著鐵灰的左側臉頰上，隱隱閃過了紅色的詭譎印記……同時「靈魂誓約」也痛了起來。

戰天穹注意到自身的變化，頓時眉頭一緊，趕緊壓制住內心的浮躁——當他知道君兒竟然能夠免疫他的詛咒時，心裡的震撼可說是無與倫比，同時又有著驚喜和某種難言的膽怯浮現。

今天經歷的怕比他活過的漫長歲月還來得刺激。他料想不到，一個小丫頭竟然敢做出這般大膽的行動，更沒想過，能免疫他詛咒的人竟然真的存在，還近在眼前！

是老天垂憐嗎？

他不敢奢望，就怕期望越高，失望越重。

結果這天晚上，戰天穹很難得的失眠了，倒是君兒，睡得可香了呢。

＊＊＊

隔日一如往常，他們彼此之間的互動並沒有因此變得頻繁，只是總會不經意的交會眼神，然後會紅著臉錯開視線。

戰天穹戴著面具還好，但君兒太過頻繁的臉紅會惹來露露注意，所以她只好盡可能的避開他的視線。

＊＊＊

終於，決鬥的日子來了。

君兒的心情難免忐忑起來。她並不擔心輸贏，是煩惱著自己的猜測是否是事實。

當然，不只她很緊張，決鬥的另一方更是如此。

「哥，你覺得那個叫做君兒的女孩子怎麼樣？」緋凰偏頭詢問著旁邊褐髮的男人。「我覺得她可能發現了什麼，但我又想不到她是怎麼看出來的。」

她覺得那個女孩子真的很不簡單，似乎猜到了她們的計畫。

剛開始只有她自己，後來因為蘭與紫羽達到她的標準，成了她的夥伴。

如果君兒這個特別的女孩最後能夠成為夥伴，那麼她相信，她們四人聯手，要離開皇甫家會有更大的機會。

阿薩特輕聲笑著，神情溫柔，他抬手輕拂過緋凰的一頭粉色長髮，模樣狀似親暱。怕所有人都料想不到，這位守護在女王緋凰身旁的保鑣，竟是緋凰同父異母的血親兄長！

「那女孩很聰明也很堅強。我想她可能真的發現了什麼，所以用這種方式進行一場豪賭。」隨後阿薩特的神情變得嚴肅，「不曉得妳是否有注意到那女孩身旁的鬼面保鑣，雖然他在保鑣資料上實力標註是恆星級，但我總能在他身上感覺到一絲危險……儘管不主動施展星力我無法確定他的實力，但我猜想他和我一樣隱藏了實力。」

「喔?能被哥這樣看重,這麼說來那位鬼先生怕是不簡單囉?」緋凰面露訝異,沒想到那位鬼面保鑣竟能換來阿薩特如此的評價。

要知道,阿薩特是她這位女王的保鑣,實力自然領先於所有保鑣,他更是特別為了她這個妹妹從新界回來,刻意混入皇甫家的強者。雖然也有不少隱藏實力的護衛保鑣存在,但唯獨那位鬼面保鑣讓他特別注意。

這是他長年在戰場上訓練出來的直覺,其他的護衛還沒有他這樣的本事。

「的確很不簡單。」阿薩特皺眉,語氣嚴肅。「可我不相信如此強者會甘願屈就一個小小的保鑣職務,我想他應該和我一樣是刻意混進來,而且是為了保護那位小女孩而來的。」

此言一出,緋凰不由得一臉震驚,「她不是跟著一位貧窮老人生活的流浪血脈嗎?怎麼可能會有如此背景讓強者混進來保護她?」

阿薩特手托下顎,似乎在思量著什麼。

「那女孩這段時間經歷了那麼多羞辱,仍舊不願低頭臣服,強悍的心性難得可貴。我想上頭雖然因為她引起的風波而注意她,卻因為她的評等過低而沒有太過在意。我想上級也是想藉她這樣不同於其他大小姐的個性,來吸引那位慕容少爺的注意吧?如果我們打聽到的那件事是真的,那麼這一次她頂撞慕容少爺是不會受到處罰的，至少她成功引起慕容少爺的興趣了。」

「能有如此心性，如果給她成長的機會，絕對能夠一鳴驚人。這是我們的大好機會。如果她能加入，妳們四人互相輔佐，一定能找到離開這裡的辦法的。」

「希望如此……這個爛家族我真的是待膩了。」緋凰像個小女孩般的嘟嘴埋怨，全然沒有在外人面前的優雅貴氣。只有在阿薩特面前，她才能展現這樣單純的一面。

阿薩特微彎嘴角，眼裡有著激動。他們兩兄妹暗中執行多年的計畫，終於有了新的起色，希望能一如他們期許的那樣……擁抱自由！

Chapter 21

只要相信就會實現

君兒準備前往由緋凰提供的決鬥場地，緋凰私人的練武場。因為緋凰要求女僕不得進入她的私人居所，所以由戰天穹和君兒兩人單獨進入。

君兒正深思著緋凰這樣要求的原因。

緋凰居處佔百坪之大，除了所有的設施一應俱全，甚至還有人工仿製的陽光，以及刻意營造的自然生態圈，足以見得皇甫世家對她的重視。

君兒心中感慨，不愧是最高評等的大小姐，連居住的環境都跟她不是一個等級的。不難理解緋凰驕傲的理由，因為她有這個本錢驕傲——天才等級的星力評等、絕色容貌、智慧知識並存，集這些優勢於一身，果真不愧是女中之凰。

但緋凰越是驕傲，她也越要賭注。賭那麼驕傲的她，絕不允許別人將她當作商品這樣買賣交易，賭她也有想要逃離皇甫世家的意願！

她絕對不是會向命運低頭的那類人！

鳳凰可不是黃鶯鵲鳥，怎麼可能甘願屈就這小小牢籠？

在緋凰居住庭院的道路盡頭，那位永遠靜立於女王身後的褐髮保鑣站在那裡。他嘴角含笑，眼帶審視的關注遠遠走來的兩人。而當戰天穹兩人逐漸走近，阿薩特眼神一肅，腳步輕挪，驟然散發的鋒銳氣勢在草皮上掀起陣陣氣浪，想藉機試探這位深不可測的鬼面保鑣。

戰天穹反應敏捷的微側身子，護衛似的將那還沒能反應過來小小身子護進懷中。君兒緊顰秀眉，緊揪著戰天穹衣物，顫抖的小手透露出了緊張。那迎面而來的氣浪被戰天穹瞬間化解，只剩一陣輕風吹來。

阿薩特一愣，沒料到自己的試探竟然瞬間化為烏有，不由得又多看了戰天穹幾眼。最後他輕笑了聲，比了個邀請的動作。

「君兒小姐，請進，緋凰小姐已經在裡頭等候了。」

君兒深吸口氣平復自己的心情，而後眼神堅定、昂首闊步的走進了大門。

前行吧！哪怕眼前是懸崖甚至是地獄，但如果那是通往實現夢想的道路，她將永不畏懼的迎接！

在阿薩特的引領下，他們穿過無數華麗寬敞的走廊，最後來到一處空曠的場地。一個平台高起，那就是練武台。練武台四周架設著防護型的符文陣列，這是避免訓練時的力量外散，而破壞了四周的美麗景致。

而順著平台外綿延的碧色草地，一座雕刻精美的雪白涼亭座落其中。

女王緋凰此時正優雅的在涼亭裡品嘗著下午茶，她難得褪下了軍裝，換上一襲粉色典雅長裙，顯露一絲慵懶風情。

戰天穹被阿薩特引至練武台。而就在他得暫時跟君兒分開之時，還不忘對少女投以一抹鼓勵的眼神，讓君兒充滿勇氣的朝緋凰走了過去。

「坐。」緋凰見君兒到來，只是看了她一眼後，便邀請她在自己對面落坐。沒了屬於「女王」這個身分的驕縱傲慢，沒有針鋒相對，平靜的好似正招待他人與自己共度下午茶一般。

君兒並未坐下，只是看著對方，眼裡是滿是審視。

「妳準備怎麼做？」現在身邊沒有其他人，君兒決定主動出擊，率先打破沉默。她想知道緋凰到底是否暗中計畫著什麼。而當她這樣問出口時，哪怕臉上平靜，心裡卻十分緊張，深怕自己賭錯了——若是被家族發現自己還存有逃離的想法，一定會受到更多的限制，甚至會受到懲罰。

「和妳一樣。」

緋凰將問題拋回給君兒，讓君兒為之一愣。

或許她們並沒有徹底言明彼此的目的，但有時候聰明人無須太多解釋，透過幾句話就能推敲出對方的想法。

君兒鬆了口氣，動作自在的在緋凰對面的位置坐了下來。

「如果我們的想法相同，那麼或許我們可以成為朋友。」君兒眼神澈亮。

緋凰眼神一亮，卻是輕笑詢問：「妳又知道我在想什麼了？」

她對此感到好奇，一向都是她主動試探之後邀請別人，還沒遇過主動前來要求合作的人呢。她想不透自己在哪個環節出了差錯，竟讓君兒看出端倪。

君兒神秘一笑。

「那時紫羽身上雖然狼狽，卻沒有看到傷勢；隔天我約了紫羽出來，她臉上的巴掌印還在，臉卻沒有腫，這不是很奇怪嗎？」

聽完君兒的話，緋凰對她的推測感到佩服，只是透過一小部分的事實就能推測出將近完整的真相，普通人很難辦到。

君兒似乎還想要說些什麼，小心翼翼的觀察四周，深怕這裡藏著什麼監控儀器。

緋凰看著君兒的防備，主動說道：「妳放心，這裡沒有任何監視儀器。這是我利用自己長年在家族中累積的信賴，取得的信任。所以妳儘管放心的說。」

君兒驚訝的看著緋凰，那總是驕傲的女王此刻流露著一抹疲憊。她不難想像緋凰在家族面前演了多少違背自己意志的戲碼，才讓家族這樣信任她不會離開。君兒嘆息了聲，也不再顧慮其他，大方的打量起緋凰。

良久後，兩人相視一笑。

「妳跟我原先以為的完全不同呢，緋凰。」

「妳倒是跟我觀察的沒有太大的差別，就是不知道妳的觀察力竟然那麼敏銳，下次我得改一改方式，省得被人察覺出端倪……不過，謝謝妳的提醒，有興趣加入我們的計畫嗎？」

緋凰先是感嘆一番自己的計謀被君兒識破，隨後語鋒一轉，嚴肅的邀請君兒參與她們的計畫——逃離皇甫世家的計畫！為了這個計畫，她已經努力將近十年了，也曾經有好幾次想要放棄，但是她的哥哥阿薩特特地混進來保護她，再度給了她支持與力量。

「呵呵，相信我們會合作愉快的。」君兒開懷的笑著。知道自己不是一個人孤軍奮戰，讓她覺得特別安心。

君兒想先了解緋凰她們這些年來在家族裡暗藏了哪些後手，計畫進行到哪個進度了，她才知道自己要如何配合。

聽完計畫後，君兒竟然意外的提出讓緋凰感到愕然的要求——

「今天的決鬥挑戰我一定是輸的那一方，而我將履行我當時在決鬥時說出口的宣言，希望之後的沙包訓練妳能夠假戲真做，最好讓所有大小姐都來參觀我如何當妳的沙包，這樣才不會讓人起疑。我也順便可以練練戰鬥技巧和鍛鍊體能。」

「如果是這樣，要做到讓家族不會懷疑，我就不能有所保留……」緋凰緊鎖柳眉，對君兒的要求很是糾結。

「那就不要保留。」君兒灑脫的說著：「他們越不去懷疑，我們的機會也越大！」

緋凰怔怔的看著君兒，被她臉上的堅強撼動了。

就在不遠處，兩名保鑣各自站在練武台的一側，等候著兩位大小姐宣布決鬥開始。

早就知道這場決鬥打不成的阿薩特，一臉輕鬆的試圖和戰天穹攀談。

「雖然之前早已見過面了，但我還是正式的自我介紹一下。我是阿薩特，緋凰小姐的貼身保鑣。」

良久，阿薩特沒有得到任何回應，這讓他有些愕然。雖然早知道這名暱稱「鬼」的男人平常就不常與其他保鑣互動，但連自我介紹都視而不見，這也太冷漠了吧？

戰天穹閉目養神，雙手抱胸，倚靠在練武台邊角的符文柱邊。看似漠然的他其實正聚精會神的透過武者強悍的聽力，監聽著遠方君兒與緋凰的對話。而當緋凰不經意的透露了阿薩特跟她是同一陣線的夥伴，還是她的哥哥後，戰天穹這才睜開了眼，冷淡的看向那打量著他的男人。

戰天穹憑著傲人的實力，早看出這位號稱家族中實力最強的保鑣，他的實力並不如保鑣名冊上所記載的那樣簡單。現在聽到緋凰的解釋，這才了然，原來他們彼此的目的都是相同的——都是為了保護某人而來。

「『銀河級』顛峰。」

戰天穹直接道出阿薩特隱藏的真實實力。這讓阿薩特眼瞳一縮。

「你果然很強。要知道，連家族內號稱第二強的保鑣都看不透我的實力，你竟然一眼就看出來了？這表示你的實力一定遠高於我。不過……為何鬼先生會選擇來皇甫世家擔任一個小小的保鑣？以你的能力，在新界也是各大勢力爭相招攬的對象，何必回來這個無法一展長才的原界屈就自己？」他語鋒犀利，審視戰天穹的目光也越來越嚴肅。

戰天穹掃了他一眼，眼神冷酷。「我想你沒那資格問我問題。」

戰天穹的這句話瞬間讓阿薩特怒紅了一張俊容，雖然他有所不甘，卻也明白彼此間的實力差距，加上長年陪在緋凰身邊，他也學會了隱忍。很快的，他臉上怒潮退去，神情趨於平緩。「抱歉，我太衝動了，希望你不會介意我的貿然打探。」

然而此時，戰天穹卻突然朝著涼亭的方向走了過去。

阿薩特一愣，神情一凜就想阻止他。在未確認戰天穹是敵是友的身分之前，不能讓他聽見兩位小姐的對話！

原本正在與君兒談話的緋凰看見突然走來的鬼面保鑣，頓時柳眉緊顰，停住了原本的議題。她看著君兒，眼裡有著警告。畢竟保鑣簽有「靈魂誓約」，他們是皇甫家的間諜。

「緋凰妳不用擔心。就跟妳的保鑣一樣，我的保鑣先生也是我這一方的。」君兒把玩著手中飲空的茶杯，微笑說道。

緋凰緊皺的眉心仍未鬆開，面帶審視的看著那位逕自走近的保鑣，困惑阿薩特怎麼沒按照計畫留下他。

戰天穹沒有理會緋凰，走至君兒身後，習慣的閉眼、抱胸、靠牆，沉默的像座雕像一樣。

緋凰想到阿薩特曾表示自己看不透這位鬼面保鑣的實力，對君兒的身分也越發好奇起來了。不過她看著隨後趕來的阿薩特，微微蹙起眉心，對任務失敗的阿薩特面露惱。

「緋凰抱歉……」阿薩特尷尬的撓著頭，瞪了幾眼冷漠的戰天穹，對他視若無人的行徑感到無奈。

「鬼先生本來就是這樣性格的人，你們別在意。」君兒輕笑出聲，有些好笑的看著阿薩特像以前的露露那樣，因為他的冷漠而顯得侷促不自在，便開口解釋道。

緋凰嚴肅的看了鬼先生一眼，最後對著君兒問道：「我知道這位鬼先生的實力並不簡單，妳究竟是什麼人？他又是……？」

君兒只是淡然一笑，並不打算跟緋凰解釋她和鬼先生還有爺爺之間的關係，只是將自己暗自替鬼先生安上的身分說了出口——反正她以後是要嫁給他當老婆的，所以現在他應該算是自己的……

「鬼先生……嗯，應該算是我的未婚夫——唉唷好痛！」話還沒說完，君兒後腦勺一疼，一聲痛叫後，便眼眶含淚憤慨的往後瞪去。

（……丫頭妳找死嗎？我還沒承認我是妳的未婚夫！）

戰天穹有些惱火的用精神傳訊咆哮，卻惹來君兒生氣的擺了個鬼臉。

「他是我未婚夫！不過他太害羞了不肯承認而已！」君兒氣呼呼的嚷著。反正她是鐵了心要嫁給鬼先生當老婆了，索性讓緋凰誤會個徹底，也能讓她放下對鬼先生的防備。

「妳這丫頭！」戰天穹有些無奈，不知該拿這丫頭如何是好。只是看著她神情堅持，又看了看緋凰了然的模樣，知道這是能讓對方鬆懈心房的一種託辭，也就罷了。冷哼了一聲後他便不再理會君兒。

只是這身分是否是一個託辭？怕也只有他們彼此清楚了。

緋凰看了君兒一眼，又看了看那位高深漠測的鬼面保鑣，很難想像這兩個人會有這一層關係。不過既然這樣，她也就不用顧慮什麼了，繼續先前的話題。

「但君兒，妳怎麼保證妳一定能夠破除這個東西？」緋凰摸了摸左耳上與君兒相同款式的符文定位耳環，眼神有些沉重。只要能破解這玩意兒，天高地遠任其遨遊，哪裡還會被皇甫世家困得死死的？

君兒自信的笑著，眼眸滿是堅定的神采。

她知道，雖然現在以她的能力還沒有辦法破解這符文耳環，但鬼先生說了，只要她能在兩年內達到行星級，他就幫她強制開啟精神力！配合自己對符文的強悍學習力，一定能找得出辦法破除這個符文定位耳環的。

「請相信我一定可以，不過請恕我暫時無法告知要如何破解這符文耳環。就看妳願不願意跟我一起賭一把了。」君兒自信的說道。

緋凰雖有些不信，但她認為君兒有難言之隱，她也聰明的不再追問。

「請相信，我們一定能離開這裡。我爺爺是個有大智慧的人，從小他就告訴我，我們一定能夠實現自己所相信的未來，只是，我們要去相信。」

「妳得先去相信，然後才會實現。」

爺爺的話語言猶在耳，雖然如今已經他已回歸宇宙懷抱，但他的智慧仍存。

「好吧，我就試著去相信……相信我們一定能夠離開！邁向自由！」緋凰被君兒的自信所感染，也變得對未來充滿希望。

Chapter 22

爲了自由前進吧

「好吧，既然我們已經達成共識。哥，就麻煩你把她們帶來吧。」

緋凰開口要求，讓阿薩特輕挑劍眉，對她這一次這麼快就介紹其他同伴給君兒的決定感覺訝異。不過，雖然臉上有著驚訝，但他還是輕點了點頭，朝練武場一旁緋凰所屬的私人休息室走了過去。

好在緋凰從過去就嚴令女僕不得接近她的練武場，就是不想讓人看見她在修煉時的狼狽模樣，還有她欺辱其他大小姐的畫面，一旦違規就會遭到嚴懲。這從過去到現在養成的習慣，讓女僕們懂得迴避練武場上的緋凰，也因為如此，緋凰才能避開那琳瑯滿目的眼線，和君兒這麼輕鬆自在的討論逃離這件事。

而聽著緋凰這樣的指示，君兒倒是顯得很平靜，像是早就知道緋凰身邊還有其他同伴存在一樣。她笑盈盈的對著緋凰開口，直接說出自己的猜測：「如果我沒猜錯的話，蘭和紫羽雖然說是妳的奴隸，但其實妳是用這樣的方式在保護她們的吧？」

緋凰停下了手邊飲茶的動作，柳眉輕揚，面露好奇。

「根據我這段時間的觀察，雖然蘭和紫羽還是常常會被其他大小姐欺負，卻沒有被大小姐找去對練，除了妳以外。偶爾我會看見就連個性刁蠻的碧珊，也不得不屈服地位較高的大小姐，被強逼著去對練，說白了就是當沙包被欺負吧。」

「當然，我知道蘭和紫羽一定也有被妳操練，可從她們一直都沒有表露像其他大小姐那樣的憤恨，我就猜測妳們之間一定存有某種旁人說不清的關聯……還好這一次，我賭對了。」

君兒鬆了口氣，在確定真相後終於放下了心中大石。

緋凰苦笑了聲：「還好妳不是那些刁鑽的女僕，不然我和她們的秘密一定會被上級知道。但既然會被妳看出來，往後我對蘭她們也得改變態度才行，不然難保有心人發現。」

「嗯，不過沒關係，之後有我這個個性固執又不肯服軟的廢物，我想沒有人會去在意妳們先前的不妥的。」

君兒也是面露嚴肅，和緋凰討論了會兒關於她們彼此應當如何應對的事情。

不久後，阿薩特便帶著君兒熟悉的兩位女孩出現在練武場上。

「緋凰、君兒！」紫羽見兩人心平氣和的坐在一塊飲茶，便知道自己的夥伴又多了一位，顯得特別開心。她朝君兒湊了過去，開懷的拉著君兒傻笑。

被冷落的蘭顯得有些不高興，她看了君兒一眼，冷漠道：「看樣子妳已經得到緋凰的認同了，歡迎加入我們。不過我不認為妳這個廢物能對我們的計畫有什麼幫助，希望妳不會因為承受不住壓力而把我們的秘密供了出去。」

「放心，我們擁有共同的目標，而為了這個目標，我會盡可能的提供協助。」君兒沒有因為蘭的冷漠刁難而憤怒，她只是平靜回應。畢竟身為未來的夥伴，最好還是不要在計畫未實現前內鬨。

這時阿薩特突然嚴肅的開口說道：「先不提那些，重點是君兒小姐這一次決鬥不能贏，不然保鑣會互相交換的。」他想起了皇甫世家的規定。他就是靠著慫恿原先服侍的那位大小姐向緋凰提出挑戰，才能換到緋凰身邊的。

「我沒有說要贏。」君兒笑著說道，轉頭向紫羽兩人解釋了一番先前她和緋凰的決定。

蘭和紫羽兩人聽著君兒決定成為沙包，還要公開被緋凰欺辱時，都不免為君兒的選擇和堅強感到震驚。

因此，蘭原本看待君兒的眼神也變了。她先前瞧不起君兒這個廢物評等的大小姐，憂心她就算心性合格，加入了卻也幫不了什麼忙，沒想到她竟然做出這樣的決定，藉此隱瞞真相。

但這位彆扭的大小姐並沒有開口道歉，只是冷哼了聲，丟了一句「需要幫忙就隨時來找我」，便不再說話。

紫羽拉著蘭，苦笑的對君兒說著抱歉：「君兒，請妳原諒蘭，她的個性比較直接……不過很開心妳可以和我們一起努力！」

接著，在緋凰的主導下，少女們開始了簡單的自我介紹。

「先由我開始好了。」緋凰清了清喉嚨，那優雅自信的模樣再度展現。「緋凰。實力等級『恆星級』，不過我有請哥哥幫我壓抑星力，所以評等文件上我還是只有『衛星級』。特殊天賦『媚惑』。我的媚惑能力是使用暗示，能夠讓別人對我鬆懈心房並且對我產生信賴，我就是利用這個技巧影響了家主，花了不少時間，一點一滴讓他放鬆了對我的防備。」

蘭輕哼了聲，說道：「我是蘭。實力等級『流星級』，不過不久後應該就會突破等級了。和紫羽是表姊妹關係。我擁有能夠控制水元素的能力，家族不知道我有這種能力，只知道我有水元素親合的體質。」

說完，蘭還不忘表演將茶杯裡的液體控制成水流或各種造型的模樣，看得君兒目不轉睛。

紫羽羞怯的開口：「紫、紫羽。實力等級跟蘭一樣。我沒有特殊能力，我非常擅長破解數據類的系統，還可以寫程式碼影響光腦系統……」

君兒聽著紫羽的描述，面露驚訝。

「妳是駭客？」

「駭客」這個字詞從過去舊西元時期到現今，都是神秘的代名詞。那些在網路以及系統中自由來去的駭客，被稱為網路世界的王者——沒想到眼前這個怯生生的女孩竟然擁有這樣特殊的技巧。

君兒嘆息了聲，覺得隱瞞自己的能力似乎有些說不過去，便也誠實的開始介紹起自己。

「我是君兒，實力……呃，因為三個月前才開始正式修煉，所以連最低等級的流星級都還不到。」她有些臉紅，不過她相信，將來她絕對能追上這些夥伴，不讓自己成為拖油瓶的。

「另外我擁有控制星力的天賦能力……」雖然她想將自己能夠暫時壓制「靈魂誓約」的事說出來，卻被戰天穹從精神通道中警告，畢竟能夠抑制「靈魂誓約」的控制能力太過強悍。

緋凰一愣，頓時面露驚喜，「控制星力的能力？難道這就是妳說可以破解耳環的技巧嗎？！」

緋凰誤會了君兒的想法，不過這確實也是一個可行的方法。因為符文耳環也是以星力作為運作基礎，若能控制裡頭的力量，便有可能在爆炸前移除耳環。

君兒沒想到緋凰會誤會。她原先是打算以符文攻克符文，而緋凰提出的也不失為一種破解耳環的方法。

「那麼，就讓我們一起為自由而努力吧！」緋凰難掩冷靜的高呼著，頓時引來其餘少女們的歡呼。

那一天，君兒、緋凰、蘭與紫羽等四人，因為擁有共同的目標而聚在一起。

為了追求自由，她們都將貢獻自己的力量！

戰天穹與君兒交會了眼神。

君兒嬌俏一笑，毫不掩飾的表達自己的喜悅。

機會是自己把握的，而她現在，把握住了機會，剩下的就是盡可能的去努力，爭取更多成功的可能性了！

「對了，君兒……鬼先生是怎麼成為妳的未婚夫的呀？難不成你們以前就認識了嗎？」緋凰好奇的詢問，惹來其他人同樣好奇的注視。

君兒緋紅了臉，羞答答的看了戰天穹一眼。

戰天穹則是無奈的輕哼了聲，裝作沒聽見，不打算回應。

「唔……就、就是……唉唷，反正就是鬼先生老羊吃嫩草啦！」

想不到解釋的君兒只好胡扯了一個藉口。

她的藉口頓時惹來戰天穹忍無可忍的低吼聲。

「誰老羊吃嫩草了？！還不都是妳這黃毛丫頭……！」

但戰天穹在吼完後就感覺到尷尬了。他低聲咒罵了聲，氣惱的甩手離開涼亭，獨自晃去一旁的寬敞花園，打算冷靜冷靜。

「鬼先生別生氣嘛——」君兒緊張兮兮的追了出去，模樣像是怕被主人丟棄的小貓一樣。

緋凰嘆息了聲，看著不遠處君兒小心翼翼的試著討好鬼面保鑣的模樣，心裡是好生羨慕。但她很清楚，如果她們無法逃離這裡，這兩人就永遠無法光明正大的在一起……

她們只能前進了，為了自由前進吧！

《星神魔女01》完

敬請期待更加精采的《星神魔女02》

星作者竹某人+
超可愛畫風繪者MO子
手出擊!!
芙蓉仙傳
01. 芙蓉仙傳之
打工女仙我最大！
02. 芙蓉仙傳之
保鏢女仙我最威！
03. 芙蓉仙傳之
神探女仙我最讚！

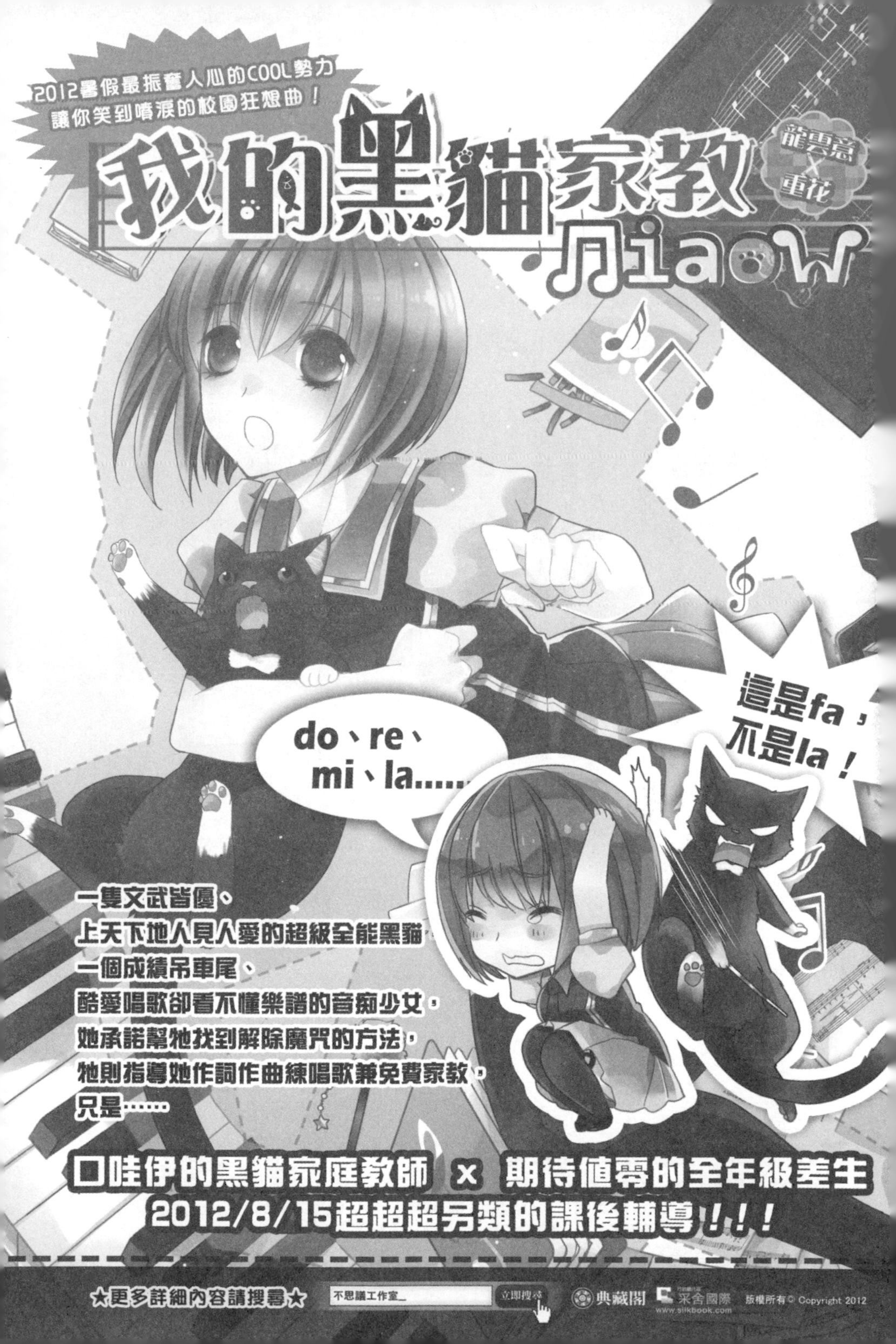

2012暑假最振奮人心的COOL勢力
讓你笑到噴淚的校園狂想曲！
我的黑貓家教
Miaow
龍雲意
X
重花
do、re、
mi、la……
這是fa，
不是la！
一隻文武皆優、
上天下地人見人愛的超級全能黑貓，
一個成績吊車尾、
酷愛唱歌卻看不懂樂譜的音痴少女，
她承諾幫牠找到解除魔咒的方法，
牠則指導她作詞作曲練唱歌兼免費家教，
只是……
口哇伊的黑貓家庭教師 x 期待值零的全年級差生
2012/8/15超超超另類的課後輔導！！！
★更多詳細內容請搜尋★
不思議工作室_
立即搜尋
典藏閣
采舍國際
www.silkbook.com
版權所有© Copyright 2012

飛小說系列039

星神魔女01
觸動＊星星之眼的淚

出版者■典藏閣
作　者■魔女星火　　繪　者■水梨
總編輯■歐綾纖
製作團隊■不思議工作室
郵撥帳號■50017206 采舍國際有限公司（郵撥購買，請另付一成郵資）
台灣出版中心■新北市中和區中山路2段366巷10號10樓
電　話■(02) 2248-7896　　傳　真■(02) 2248-7758
物流中心■新北市中和區中山路2段366巷10號3樓
電　話■(02) 8245-8786　　傳　真■(02) 8245-8718
ISBN■978-986-271-294-8
出版日期■2012年12月

全球華文國際市場總代理／采舍國際
地　址■新北市中和區中山路2段366巷10號3樓
電　話■(02) 8245-8786　　傳　真■(02) 8245-8718

新絲路網路書店
地　址■新北市中和區中山路2段366巷10號10樓
網　址■www.silkbook.com
電　話■(02) 8245-9896
傳　真■(02) 8245-8819

☞您在什麼地方購買本書？☜

☐便利商店＿＿＿＿＿市／縣＿＿＿＿＿＿＿＿＿＿便利超商

☐博客來　☐金石堂　☐金石堂網路書店　☐新絲路網路書店　☐其他網路平台

☐書店＿＿＿＿＿＿市／縣＿＿＿＿＿＿＿＿＿書店

姓名：＿＿＿＿＿地址：＿＿＿＿＿＿＿＿＿＿＿＿＿＿＿＿＿＿＿＿＿＿

聯絡電話：＿＿＿＿＿電子郵箱：＿＿＿＿＿＿＿＿＿＿＿＿＿＿＿＿＿＿＿

您的性別：☐男　☐女

您的生日：＿＿＿＿＿年＿＿＿＿＿月＿＿＿＿＿日

（請務必填妥基本資料，以利贈品寄送）

您的職業：☐上班族　☐學生　☐服務業　☐軍警公教　☐資訊業　☐娛樂相關產業

☐自由業　☐其他＿＿＿＿＿＿

您的學歷：☐高中（含高中以下）　☐專科、大學　☐研究所以上

☞購買前☜

您從何處得知本書：☐逛書店　☐網路廣告（網站：＿＿＿＿＿＿＿）　☐親友介紹

（可複選）　☐出版書訊　☐銷售人員推薦　☐其他

本書吸引您的原因：☐書名很好　☐封面精美　☐書腰文字　☐封底文字　☐欣賞作家

（可複選）　☐喜歡畫家　☐價格合理　☐題材有趣　☐廣告印象深刻

☐其他＿＿＿＿＿＿＿＿＿＿

☞購買後☜

您滿意的部份：☐書名　☐封面　☐故事內容　☐版面編排　☐價格

（可複選）　☐其他＿＿＿＿＿＿＿＿＿＿

不滿意的部份：☐書名　☐封面　☐故事內容　☐版面編排　☐價格

（可複選）　☐其他＿＿＿＿＿＿＿＿＿＿

您對本書以及典藏閣的建議＿＿＿＿＿＿＿＿＿＿＿＿＿＿＿＿＿＿＿＿＿＿＿＿＿＿

＿＿＿＿＿＿＿＿＿＿＿＿＿＿＿＿＿＿＿＿＿＿＿＿＿＿＿＿＿＿＿＿＿＿＿＿＿＿

未來您是否願意收到相關書訊？☐是　☐否

未來若有校園推廣您是否願意成為推廣大使？☐是　☐否

感謝您寶貴的意見

From＿＿＿＿＿＿＿＿＿＿@＿＿＿＿＿＿＿＿＿＿＿＿＿＿

♦請務必填寫有效e-mail郵箱，以利通知相關訊息，謝謝♦

印刷品

$3.5
請貼
3.5元
郵票

235 新北市中和區中山路二段366巷10號10樓

華文網出版集團　收

（典藏閣－不思議工作室）

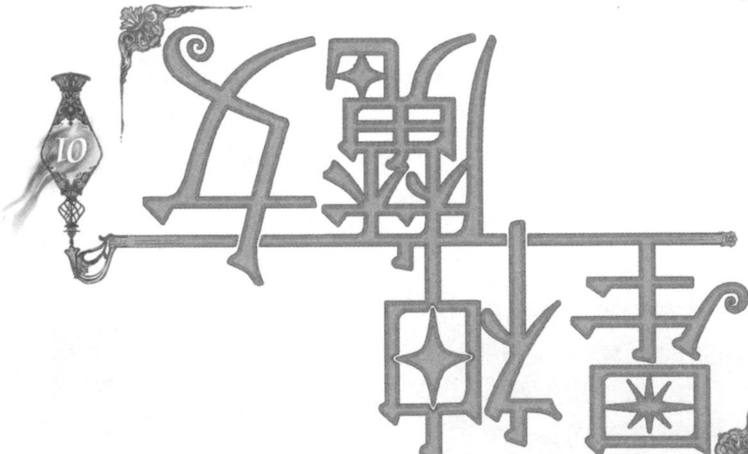